KB170904

영주,
재벌이 되다

영주, 재벌이 되다 3권

초판1쇄 펴냄 | 2019년 09월 11일

지은이 | 일가
발행인 | 성열관

펴낸곳 | 어울림 출판사
출판등록 / 2009년 1월 23일 제 2015-000062호
주소 / 경기도 고양시 일산동구 무궁화로 43-55, 801호 (장항동, 성우사카르트타워)
TEL / 031-919-0122
FAX / 031-919-0127
E-mail / 5ullim@hanmail.net

ISBN 978-89-992-6039-1 (04810)
ISBN 978-89-992-6008-7 (SET)

OULIM FUSION FANTASY

3

영주,
일가 퓨전판타지 장편소설
재벌이 되다

영주, 재벌이 되다

목차

영주, 재벌이 되다

그들이 꿈꾸는 초인의 모습

　사이클롭스는 5미터에 이르는 거대한 덩치와 단단한 가죽을 보유한 몬스터답게 여섯 발의 강력한 어둠의 화살을 버텨냈다. 허나 흑마법사가 사용하는 강력한 스킬은 어둠의 화살만 있는 게 아니다. 대상에게 심화되는 고통을 선사해 암흑 피해를 입히는 '불타는 고통'과 강철 같은 피부를 썩게 만들어 방어력을 약화시키는 '부패'가 있다. 그리고 대표적인 스킬로 지옥의 화염을 끌어와 순식간에 영혼까지 태워버리는 '제물'이 있다.

　강력한 몬스터라도 고통과 부패, 제물이라는 스킬에 적중되면 열에 아홉은 죽음을 맞이한다. 설사 죽지 않더라도 이미 몸뚱이는 너덜너덜해진 상태가 된다. 마나를 다루지 못하는 일반 병사가 창으로 공격해도 죽일 수 있을 정도다. 더욱 무서운 점은 고통과 부패는 적중 당했다는 사실조차 모른다는 것이다. 스스로 이상을 느낄 때쯤엔 치료가 불가능할 정도로 악화된 상태기에 살기위해선 상처를 도려내거나 잘라내는 방법밖에 없다.

쿵쿵쿵쿵!

거대한 덩치의 사이클롭스가 성벽을 향해 달려오자 영지군이 두려움을 느낄 정도로 지축이 흔들렸다.

"오, 온다!"

두려움에 빠진 병사가 소리를 내질렀다.

그 순간 사이클롭스의 몸뚱이에서 화르륵 불꽃이 일어나더니, 순식간에 몸뚱이 전체로 번진다. 거대한 덩치가 불길에 휩싸인 채 다가오는 모습은 보는 이로 하여금 전율을 느끼게 했다. 결코 꿈속에서조차 보기 싫은 무시무시한 모습이었다.

쿵… 쿵… 쿵…….

사이클롭스는 힘겹게 발을 내딛었고, 달려오는 속도가 확연히 느려졌다.

"쿠워워워!"

쿠웅!

고통스런 비명을 내지른 채 달려오던 그대로 육중한 몸뚱이가 허물어졌다. 고위 마법사를 바라보는 6서클 흑마법사의 위용이다. 강렬한 퍼포먼스를 보여주며 최상급 몬스터를 쓰러뜨리자 경악에 찬 영지군의 시선이 느껴진다. 존경심이 가득한 영지군의 시선을 뒤로하고 리저드맨 무리와 사투를 벌이는 아넬리아를 바라봤다.

뿌연 독무가 시야를 가렸다. 아마도 아넬리아는 독무로 인해 상당한 곤욕을 치루는 중일 것이다. 회오리를 일으켜 주변에 퍼진 독무를 날려 버리자 상황이 드러났다.

바실리스크를 탄 리저드맨 무리는 아넬리아를 포위한 채 계속해 독침을 날리며 공격했다.

반면에 아넬리아는 대검을 이용해 거센 풍압을 일으키며 독침을 날려 보내거나 넓은 검 면으로 막아냈다.

그런 다음 폭발적인 속도로 다가서 일시에 바실리스크와 리저드맨의 몸뚱이를 갈라버린다.

"와아아!"

"우아아!"

지켜보던 대근과 조직원들이 감탄사를 내뱉었다.

허나 리저드맨의 대응도 빠르다. 순식간에 거리를 벌리며 재차 포위를 완성하고는 또다시 독침을 날렸다.

반복되는 양상 같지만 이는 리저드맨들의 의도다.

사냥감이 압도적으로 강할 경우 이런 식으로 소모전을 펼쳐 상대의 마나가 바닥날 때까지 기다린다.

인간형 몬스터답게 두뇌 또한 나쁘지 않기에 이러한 방식으로 최상급 몬스터를 사냥해왔다. 그러나 놈들의 모습을 숨겨주던 독무가 사라지자 상황이 급변했다. 움직임과 시야의 제한이 사라진 아넬리아가 더욱 거세게 날뛴 것이다. 커다란 대검도 모자라 검 끝에 한 치가 넘는 오러가 치솟으며 걸리는 모든 것을 잘라냈다. 아넬리아의 무위를 지켜보던 대근과 조직원들은 심장이 터질 것 같은 벅찬 감동을 느꼈다. 대검이 한번씩 휘둘러질 때마다 흉측한 몬스터가 반으로 쪼개졌다. 움직임은 또 어떤가! 마치 순간이동을 하듯 순식간에 거리를 좁혔다가 멀어진다. 아넬리아가 보여주는 움직임은 진정 그들이 꿈꾸는 초인의 모습이었다.

아넬리아를 바라보는 대근을 보니 아주 가관이다. 헤벌레 입을 벌린 채 아넬리아의 움직임을 보며 '와!' '아!' 하는 탄식을 내뱉기 바쁘다. 흑마법사의 무시무시한 위용을 보고서도 별다른 표정의 변화도 없더니 평범한 아넬리아의 모습엔 연신 감탄사를 내뱉고 있다.

이건 뭐 눈꼴사나워 못 볼 정도다.

"야."

"예?"

"너 마법 배워볼래?"

"마법을요?"

"그래. 마법을 제대로 배우면 저깟 리저드맨 무리는 한방에 골로 보내거든."

"아……!"

"어때? 배우고 싶지?"

"보스께서는 마법사가 되려면 머리가 좋아야 한다고 말씀하셨습니다. 저는 공부를 못했습니다."

"아니야. 노력하면 못할 게 없어."

"송구합니다. 보스의 말씀을 따르는 게 좋을 것 같습니다."

"테론이 뭐라고 했는데 그래?"

"검을 치켜세운 채 적진을 향해 달려가는 게 진정한 사내라고 말씀하셨습니다."

"…그렇지."

답을 하면서도 대근의 시선은 아넬리아를 바라보고 있었다. 그 순간 독침을 막아낸 아넬리아가 번개같이 다가서더니 단번에 리저드맨 둘을 베어버린다.

"나이스!"

두 주먹을 불끈 쥐며 연거푸 나이스를 외치는 대근이었다. 완패였다.

씨바! 마검사로 전직해버려?

* * *

토렌영지에 다섯 가문이 모였다. 미리 몬스터 몰이를 해둔 덕분에 마몬의 시기 동안 영지를 향해오는 몬스터 숫자는 얼마 되지 않았다. 겨우 두 차례 웨이브를 겪었을 뿐이다. 몬스터의 위협이 사라지자 그들의 관심은 자연히 타나리스로 향했다. 아마도 엄청난 숫자의 몬스터가 몰려갔을터, 과연 그 결과가 어떻게 됐는지 궁금했기에 은밀하게 정찰조를 파견했다. 그리고 지금 정찰을 마친 조장의 보고를 받는 중이다. 사흘에 한번꼴로 몬스터 웨이브가 일어났다는 보고를 받고는 흐뭇한 표정을 짓는다.

"영지가 쑥대밭이 됐겠어."

"그렇습니다. 남아나는 게 없을 정도입니다."

대부분 목조 가옥이었기에 몬스터가 지나가자 평지처럼 변해버렸다. 정찰병의 보고대로 정말로 남은 게 없었다.

영지민의 터전이 쑥대밭이 됐다면 영주성 또한 큰 피해를 받았을 터. 기대하는 눈빛으로 질문했다.

"그래, 영주성은 어떻던가?"

"그게… 영주성은 별다른 피해를 받지 않은 것 같습니다."

"뭐라?!"

뜻밖의 보고였다. 그 정도로 많은 몬스터가 몰려갔다면 영주성이 멀쩡할 리 없다.

"영지가 초토화 됐다고 말하지 않았나?"

"그건 사실입니다."

"그런데도 영주성에 피해가 없어?"

"그게 영주성을 방위하는 4개성에서 몬스터를 막아내고 있습니다."

이해가 되지 않았다. 마몬의 시기가 되면 당연히 영지민을 징집해 병사의 규모를 늘리기는 한다.

하지만 정규군에 비할 바는 아니다.

게다가 타나리스 가문에서 보유한 정규군은 채 일천도 되지 않는다. 4개성을 동시에 방어할만한 규모가 아니라는 것을 그들이 모를 리가 없다. 더구나 일만의 병력으로 무력행사를 벌인 만큼 세인트 가문에서 병사를 지원했을 리도 만무하다. 재차 되물을 수밖에 없었다.

"일천도 안 되는 병력으로 4개성을 방어한다고?"

"그렇습니다. 자세한 내막은 모르나 분명히 4개성에서 몬스터 무리를 막아내는 중입니다."

"허……!"

한 개조만 파견한 게 아니다. 동시에 파견한 정찰조들이 한결같은 보고를 해왔다. 그들이 그려왔던 상황과는 미묘하게 차이가 났다. 영지가 초토화 된 것은 사실이지만, 영주성이 받은 피해는 적다.

"이걸 어떻게 받아들여야 합니까?"

"글쎄요. 뭐라고 단정하기가 어렵군요."

군사를 진군시키는 명분이 영지민의 터전과 안전을 지키기 위해서다. 그래서 진군시기조차 상위 몬스터가 등장해 가장 큰 피해를 입히는 마몬의 달이 끝나갈 때쯤으로 정했다. 허나 기분이 묘하다.

뭔가 군사를 진군시킬 명분이 부족해 보였다.

"겉으로 드러난 모습만 봅시다."

"그래요. 영주성이 멀쩡하더라도 영지가 초토화 된 건 사실입니다. 영지민의 목숨이 위태롭다는 뜻이지요."

진실은 힘을 가진 자들이 만들기 나름이다.

[타나리스 가문은 마몬의 시기를 이겨내지 못해 영지가 초토화됐다. 백성들을 보호하기 위해 부득이 군사를 동원

할 수밖에 없었다]

그들이 만든 시나리오다.

* * *

마몬의 시기가 막바지에 이르자 괴수거미를 비롯한 상위 몬스터 무리가 몰려오면서 치열한 전투가 전개됐다.

부득이 부족한 화력을 채우고자 로이드를 비롯해 임프 군단까지 소환했다.

─자주 좀 부르라누.

"쟤들 보이지. 죄다 태워버려!"

소영주가 대규모 악마를 소환하자 영지민이 웅성거렸다. 흑마법에 대한 선입견 때문이다. 게다가 소영주는 분명히 백마법사로 알려졌다.

"소영주님이 흑마법사였어?"

"글쎄… 백마법사로 알고 있었는데."

허나 성벽에 늘어선 수십의 임프가 수십 수백 개의 화염구를 쏘아대며 몰려오는 몬스터 무리를 학살하자 바라보는 시선이 변했다. 임프 군단의 위용은 마치 대규모 마법 병단이 동원된 것처럼 장엄하기까지 했다. 게다가 소영주는 어떤가. 몬스터 무리가 달려오는 곳을 죽음의 대지로 바꿔버리는 엄청난 마법을 선보이며 악마를 소환해 직접 부리는 모습까지 보여주었다. 한마디로 압도적인 무력을 선보인 것이다. 소영주가 악마를 부리는 흑마법사면 어떤가? 중요한 건 가장 선두에서서 그들의 목숨을 지켜주고 있다는 사실이었다. 그리고 대가도 달콤했다. 밀려오는 몬스터 무리를 막아 내다보니 더 이상의 공격은 이어지지 않았다.

마침내 살았다는 안도감을 느끼게 된 영지민이었다.

"몇 마리씩 몰려다니기는 하지만 대규모 무리는 보이지 않습니다."

정찰조를 보내 일대의 숲을 확인하자 마침내 마몬의 시기가 끝났다는 걸 알 수 있었다.

"축하드려요."

"황녀께서도 고생하셨습니다."

"감축 드립니다."

"모두들 수고하셨습니다."

서로가 축하인사를 주고받았다.

다수의 사상자가 발생하고 엄청난 재산적 손실을 입었지만, 중요한 사실은 영지가 가진 자체적인 무력으로 대규모 몬스터를 막아냈다는 것이다. 결과적으로 영지군의 위상이 급상승함은 물론이고 영지민의 자부심도 더해졌다. 게다가 영주의 위상도 전과 같지 않을 테고.

"내, 그대들에게 맹세하겠다."

그래서 약속했다. 이후로 마몬의 시기가 도래하더라도 몬스터 무리가 몰려오는 일이 없도록 만들겠다고.

"소영주님, 만세!"

"영지군 만세!"

기뻐하는 영지민을 보자 불끈 주먹이 쥐어졌다. 마몬의 시기가 끝난 만큼 주변 산맥에 터 잡고 살아가는 몬스터를 일소해 버리겠다고 다시금 다짐했다. 대근과 조직원들 또한 즐거운 표정이다. 힘든 여정을 이겨내자 확실한 보상이 기다렸다.

"와! 이건 큼지막합니다."

괴수거미의 심장을 가르고 제법 큰 마석을 손에 쥔 조직원이 환한 표정을 짓는다. 살벌한 전장을 겪었기 때문일까, 아니면, 애초부터 그들이 잔혹한 세계에 몸담고 있어서일까? 처음으로 몬스터 살을 가르고 심장을 헤집는 일에도 망설임이 없었다.

물론 영지민에게는 일상과 다르지 않다.

하위 몬스터는 마석을 적출한 후, 곧바로 화장했고, 상위 몬스터는 가죽은 물론이고 돈이 되는 것들을 모두 챙겼다. 마몬의 시기로 인해 터전을 잃기는 했지만, 수많은 몬스터 사체가 오히려 큰돈을 가져다준다. 그리고 예상했던 일이 찾아왔다. 관문에 나가있던 경비대로부터 대규모 군사가 다가온다는 급한 보고가 도착했다. 다섯 가문에서 군사를 보내온 것이다.

"역시나 추측한 것과 다르지 않네요."

아넬리아가 웃으며 말했다.

"허면 부탁드립니다."

어서와 황녀는 처음이지?

아론이 이끄는 열 명의 영지군이 영지 관문에 도착한 일만의 연합군을 막아섰다. 울바란과 파월이 나섰다.

토렌 영지와 부르크 영지의 기사단을 이끄는 자들로 둘다 육십이 넘었지만, 최상급의 단계에 오른 자들답게 훨씬 젊어 보인다.

"오랜만이외다. 아론 경."

허나 아론은 건네는 인사조차 받지 않고 곧바로 이유를 묻는다.

"두 분께서 군사를 몰고 온 연유가 무엇입니까?"

그러자 울바란이 비릿한 미소로 답했다.

"위험에 처한 타나리스를 도우라는 영주님의 명이 계셨소이다."

말도 안 되는 이유였지만 분란거리를 만들지 말라는 엄명이 있었기에 정중히 거절했다.

"호의는 고맙지만, 군사를 지원받을 정도로 어렵지 않소이다."

"어렵지 않다고요? 허면 저 모습은 어찌된 겁니까?"

울바란의 시선이 영지민의 터전을 가리킨다.

처참한 광경. 사정을 모르는 이가 본다면 경악할 정도로 폐허로 변해버렸다. 허나 인정할 순 없는 법이었다.

"어차피 재개발이 예정된 곳이니 아까울 것도 없소이다."

"하하하! 재개발이라고요? 타나리스가 그럴 정도로 재정이 남아돕니까?"

"그건 두고 보면 알 일이 아니겠습니까?"

먼저 아론을 보내 주변 영지의 연합군을 막으라는 명을 내린 후, 뒤따랐다. 보고대로 일만에 달하는 군사가 언제라도 공격할 태세를 갖춘 채 관문 앞에 도열했고, 연합군을 뒤로하고 울바란과 파월이 아론과 설전을 벌이는 중이었다.

소영주가 등장하자 울바란과 파월이 예를 갖추었다.

"소영주님을 뵙습니다."

"경들도 오랜만입니다."

그래도 공작가의 기사단에서 근무했던 자들이라 깍듯이

예의를 차린다. 상대가 정중하게 나온 만큼 인사 정도는 가볍게 받아주었다. 허나 지원요청을 하지 않았음에도 군사를 몰고 온 건 명백한 도발이다. 정중히 거절하되 결코 약한 모습을 보여서는 안 된다. 더구나 터전을 정리하던 영지민과 군사들이 지켜보고 있다.

"내 지원을 요청한 기억이 없거늘 어찌하여 군사를 이끌고 온 겁니까?"

"소영주께서 여쭈시니 한번 더 답하겠습니다. 영주님께서 위험에 처한 타나리스를 도우라는 명을 내리셨습니다."

전쟁을 벌이고자 군사를 이끌고 찾아왔지만, 영지민이 보고 있기에 쉽사리 공격하지 못했다. 보는 눈이 많았기에 어찌하던 트집을 잡고자 한 것이다. 이쪽 또한 저들의 의도는 진즉부터 알고 있었기에 전쟁을 벌일까도 생각했었다. 지금의 무력만으로도 일만의 연합군 정도는 단 한 명도 살아서 돌아가지 못하게 할 자신도 있다.

그러나 참아야 한다. 작금은 혼란의 시대다. 대륙을 움켜쥔 권력자들은 누구하나 없이 절대 권력을 꿈꾸지만, 역설적이게도 어느 한곳이 강해지는 것을 원치 않는다.

이런 시기에 영지군의 무력이 만천하에 공개된다면 가신 가문과의 문제만이 아니게 된다. 오히려 대륙의 권력자들과 가신 가문이 손을 잡을 수 있다.

더 크고 무서운 적이 등장한다는 뜻이다.

타나리스가 대륙을 상대할 정도로 압도적인 군사력을 보

유하지 않은 지금은 화가 나더라도 참을 수밖에 없다.

"두 분 영주께서 신경써주신 덕에 무사히 마몬의 시기를 보냈습니다. 호의는 깊이 간직하겠다고 전해주세요."

지금은 마몬의 시기가 끝날 때가 아니었다. 오히려 상위의 몬스터가 몰려올 시기임에도 소영주는 마몬의 시기가 끝났다고 답했다. 사실 이상하기는 했다. 이곳으로 오는 동안 무리는커녕 몬스터조차 만나지 못했다. 더구나 영지민이 성을 나와 터전을 치우고 있다. 몬스터 웨이브가 끝나지 않고서는 있을 수 없는 일이다.

난감하게도 소영주의 주장을 반박할 거리가 없었다. 지금보다 훨씬 이른 시기에 군사를 이끌고 왔어야 했다.

'후후후!'

놈들을 보니 진군시기가 늦었다고 후회하는 표정이다. 게다가 트집을 잡으려고 머리를 굴리는 모습이 뻔히 보인다. 그런데 어쩌나 네놈들을 꼼짝 못하게 할 숨은 병기가 달려오는걸.

두두두두.

놈들이 작금의 상황에 당황하고 있을 때 저 멀리 황금색으로 치장한 화려한 마차가 달려온다.

"헛!"

놈들이 마차에 나부끼는 황금색 깃발을 보자 탄식을 내뱉었다. 제국의 황가에서만 사용하는 깃발을 울바란과 파월이 모를 리 없다. 도착한 마차에서 호위 기사를 대동한 아넬리아가 내리자 울바란과 파월이 무릎을 꿇었고, 뒤이어 연합군이 예를 차렸다.

"충! 황녀님을 뵙습니다."

"그대들은 누구죠?"

예를 받은 아넬리아가 궁금하다는 표정을 지으며 묻는다.

"토렌영지 기사단을 이끄는 울바란입니다."

"부르크영지 기사단장인 파월입니다."

"울바란 경, 파월 경 반가워요. 그런데 저 군사들은 뭔가요?"

아넬리아의 질문에 당황한 표정을 짓더니 이내 연유를 말했다. 아넬리아가 고개를 끄덕인다.

"두 분 영주께서 공작가를 그토록 염려하고 계실 줄은 몰랐네요. 역시나 옛 가신 가문답습니다."

"황공하옵니다."

"헌데 늦었군요."

"송구합니다. 영지로 몰려오는 몬스터를 막느라."

"저런, 피해가 있었던가요?"

"아닙니다. 염려해주신 덕분에 별다른 피해는 입지 않았습니다. 하온데 이곳은 그렇지 않아 보입니다."

황녀를 상대로 군사를 이끌고 온 합당한 이유를 만들고자 했다.

"안타까운 현실이지요. 그렇지 않나요?"

"그렇습니다. 하지만 대다수 영지민이 무사하다니 그나마 다행입니다."

"맞아요. 목숨을 건졌으니 이깟 터전이야 시간이 해결해주지 않겠어요?"

"…옳으신 말씀이십니다."

이야기가 묘하게 흘러갔다. 분명히 느끼면서도 황녀의 질문에 답할 수밖에 없었다. 울바란과 파월을 향해 선한 미소를 지어보인 황녀의 시선이 소영주에게 향했다.

"일손이 부족하다면 군사들을 부리는 것도 괜찮을 것 같은데 소영주 생각은 어떤가요?"

게다가 일만의 군사까지 일손으로 사용하려 했다.

"마음 같아서는 도움의 손길을 받고 싶지만, 어려운 때일수록 스스로 헤쳐 나가야 하지 않겠습니까?"

황녀가 고개를 끄덕인다. 옳다는 말.

황녀의 시선이 울바란과 파월에게로 향한다.

"들은 대로 그대들의 도움이 필요치 않다는 군요."

막무가내로 버틸 수 있는 상황이 아니었다. 더구나 황녀가 테라모어에 있을 줄은 예상하지도 못했다. 자칫 황녀가 오해한다면 황제로부터 인장을 받지 못할 수 있다.

"하오면 소신들은 이만 물러가겠습니다."

"그렇게 하세요. 아! 폐하께서 안부를 묻더라고 전해주시고요."

"그리하겠습니다. 허면……."

예를 갖춘 울바란과 파월이 군사를 돌렸다. 마몬의 시기를 이용해 타나리스를 넘보던 가신 가문의 계획이 온전히 틀어지는 순간이었다. 황녀가 이곳에 온 것은 천운이었다. 자칫 무력충돌로 이어질 수 있었던 가장 위험한 순간을 황녀 덕분에 무난히 넘어가게 됐다. 덕분에 내실과 군사력을 다질 수 있는 귀중한 시간을 벌었다.

준비가 갖추어지는 순간 이번에 겪은 것을 고스란히 돌려주는 것은 물론이고 영지마저 흡수할 것이다.

돌아서는 울바란과 파월을 보며 음흉하게 웃어주었다.

"뭘 그렇게 음흉한 생각을 하시나요?"

"하하! 아닙니다. 덕분에 어려운 순간을 무난히 넘겼습니다. 감사드립니다."

"호호! 감사는요. 이미 같은 배를 탄데다 한 이불을 덮을지도 모르는데."

"하하하하!"

그저 웃어줄 뿐이었다.

황녀가 직접 나서 대규모 연합군을 물러나게 하자 지켜보던 영지민이 환호를 지르며 기쁨을 표출했다.

이런 날은 그냥 지나갈 순 없다.

"오늘은 특별한 음식으로 보답하겠습니다."

"특별한 음식이요?"

"예. 장담하지만 결코 맛보지 못했던 음식일 겁니다."

"호호! 소영주께서 그리 말씀하시니 기대되네요."

특식으로 준비한 건 저쪽 세상에서 가져온 라면이다. 아마도 아넬리아 또한 아주 마음에 들어 할 터, 영지민의 입맛까지 사로잡는다면 대륙을 상대로도 판매가 가능하리라. 예상대로라면 영지에 엄청난 수익을 안겨줄 새로운 먹거리다.

"오늘 축제를 벌여봅시다."

아론에게 명해 창고에 보관중인 라면을 꺼내도록 했다.

곳곳에 커다란 냄비가 걸리고 물을 끓기 시작하자 대근이 이끄는 강철파 조직원들이 직접 라면을 조리하는 시범을 보였다. 똘망똘망한 눈동자로 바라보는 아넬리아가 연거푸 침을 삼키는 게 목울대를 통해 그대로 느껴진다. 아마도 냄새에 환장했을 것이다.

"받으시죠."

젓가락을 건네주었다.

"뭔가요?"

"저건 라면이라는 음식인데 이것으로 먹어야 한결 맛있습니다."

젓가락을 어떻게 쥐는지 시범을 보여주자 따라하지만 어설프기 그지없다.

"호호! 어렵네요. 재밌기도 하고요."

무척이나 즐거운 모습을 보이면서도 젓가락을 유심히 살펴본다. 이 세상도 철을 가공하지만 지금 건네준 젓가락만큼 광택이 날정도로 만들지는 못한다. 황실에서 사용하는 포크와 나이프, 스푼도 매한가지였기에 이미 별도의 선물을 준비했다. 거기에 젓가락도 포함해야 할 것 같다.

"이것도 영지에서 만든 건가요?"

미소로 답하자 알아서 답변을 찾은 듯 고개를 끄덕인다. 이윽고 기다렸던 라면이 그릇가득 준비됐다.

"냄새만큼은 굉장한 풍미가 느껴지네요. 맛도 기대할게
요."

"드시죠."

젓가락으로 먹는 시범을 보이자 아넬리아가 따라했다.
제법 뜨거웠는지 후후 불면서도 후루룩 들이킨다.

"아⋯⋯!"

그리고는 오묘한 표정을 지은 채 감탄사를 내뱉었다.

"어떤가요?"

질문을 건네자 잠시 동안 맛을 음미하더니 답한다.

"어떻게 표현해야 할지 모르겠네요. 정말로 맛있군요."

이후로 순식간에 두 그릇을 비우고는 국물까지 모두 마
시고 나서야 젓가락을 놓는 아넬리아다.

영지민도 마찬가지다. 라면을 맛본 자들은 누구하나 감
탄사를 내뱉지 않는 자들이 없었다.

그 많던 라면이 순식간에 동났다.

"소영주님 만세!"

그리고 누군가를 시작으로 영지민의 환호가 이어졌다.

"호호! 영지민이 이리도 좋아하는 건 처음 봤네요."

아넬리아까지 거들었다.

"하하! 그러게요. 자주 특식을 준비해야겠습니다."

그것 참 음식가지고도 환호를 받을 수 있다는 걸 처음으
로 깨달았다. 터전이 쑥대밭이 되기는 했지만 큰 인명피해
없이 마몬의 시기를 버텨냈다. 게다가 가신 가문들의 마수
에서도 벗어났고. 아이러니하게도 영지를 재개발 할 수 있

는 여건과 강력한 무력을 지닐 수 있는 시간을 얻게 된 것이다.

그리고 오늘 즐거운 축제에 맞추어 신께서 더 큰 선물을 보내주셨다. 인간 세상을 여행하던 중에 마몬의 시기가 도래하면서 영지에 머물게 된 블러드후프라는 장인족과 다크 스피어란 정령사가 만나기를 청해온 것이다.

"소영주께 인사드립니다. 블러드후프입니다."

"인사드립니다. 다크 스피어입니다."

"만나서 반갑습니다. 귀하신 분들이 이곳에 머물고 계셨군요."

둘이 만나기를 청해온 건 귀한 음식을 맛볼 수 있게 해준 것에 대한 감사를 표하기 위해서다. 라면으로 인해 영지민의 환호를 받은 것도 모자라 귀하디귀한 정령사까지 만날 수 있게 된 것이다. 물론 더 큰 이유는 영지민에게 나누어준 젓가락을 본 블러드후프 때문이다. 아넬리아도 놀랬듯 장인족도 결코 흉내 낼 수 없는 강철의 가공기술에 매료된 것이다.

"고향이 아이언포지라고요?"

대화를 나누는 중에 깜짝 놀란 아넬리아가 되물었다.

아이언포지는 드워프족 중에서도 가장 큰 부족인 아이언 부족이 다스리는 지하 도시로 베일에 가려졌다.

떠도는 풍문엔 수백만의 드워프가 살아가고 엄청나게 발전된 기계문명을 보유했다.

게다가 블러드후프는 아이언족의 후계자로 전통에 따라

세상의 지식과 경험을 배우기 위한 여행 중이었다.

다크 스피어와는 세상을 여행하면서 만난 사이라 했다.

"허면 강철의 가공기술을 배우고 싶다는 겁니까?"

"그렇습니다. 소영주께서 허락해 주신다면 타나리스에 머물고 싶습니다."

"흠……."

순간 고민이 됐다.

블러드후프의 생각과는 다르게 타나리스는 강철의 가공 기술을 보유하지 않았다. 그렇지만 불러드후프를 잘만 이용한다면 장인족 기술자들을 대거 확보할 수 있는 길이 보였기에 사실대로 말하지 않았다.

물론 아니라고도 말할 수 없는 입장이었기에 좋은 방안을 생각해 낼 수 있는 시간이 필요했다.

"일단 차나 한잔 하면서 말씀을 나눠봅시다."

커피를 준비하면서 테론에게 눈짓했다.

영주, 재벌이 되다

스스로 찾아온 복덩이

　라면에 이어서 내어놓은 건 믹스커피다. 이미 아넬리아 조차 커피 맛에 중독되어 메니아가 된 만큼 둘의 입맛을 자극할 게 틀림없었다. 역시나 커피 향을 맡으며 설레는 표정을 지었고, 맛을 보자 무척이나 만족한 얼굴이다.

　게다가 영지민에게 무료로 나눠주자 아주 놀라워했다.

　아넬리아도 그렇고 둘도 믹스커피를 아주 비싼 차로 생각한 듯 했다.

　"도저히 형용할 수 없는 맛이 느껴집니다."

　"그러게요. 어떻게 이런 맛이 나올까요?"

　커피 맛을 가장 진하게 느낀 자는 다크 스피어다. 그래서

인지 한잔 더 먹어도 되겠냐며 부탁을 해왔다.

"당연합니다. 한잔 더 타드리겠습니다."

"아닙니다. 이런 귀한 차엔 정령수가 제격이지요."

그러면서 정령수를 만드는 다크 스피어였고, 귀한 정령수를 보자 모두가 한잔 더 마시기를 원했다.

정령수의 효능은 이미 밝혀졌다. 음료로 사용할 경우 쌓인 피로가 풀리고 장기간 음용하면 피부가 윤택해져 훨씬 젊어보이게 한다. 실제로 오십에 가까운 다크 스피어의 피부는 아넬리아보다 더욱 윤기가 난다.

"와우! 이건 뭐……."

"그러네요. 마치 구름 위를 걷는 기분이네요."

역시나 정령수가 들어간 커피 맛은 차원이 달랐다. 커피를 타고 정령수를 아주 조금 부은 게 전부였지만, 혀를 통해 느껴지는 맛은 황홀함 그 자체였다. 가만. 정령수로 인해 갑자기 떠오른 건 저쪽 세상의 생수다. 놀랍게도 저쪽 세상은 지하암반수다 뭐다 하면서 돈을 받고 물을 파는 곳이었다. 그렇다면 물 대신에 정령수는 어떨까? 아주 소량의 정령수를 희석해도 피로회복에 탁월할 뿐만 아니라 장기 복용할 경우 건강을 되찾는 것은 물론이고 피부의 잡티까지 제거해 주는 효과가 있다. 정령수의 효능을 알게 된다면 너도나도 찾게 될 것이다. 한국뿐만 아니라 전 세계를 상대로 판매한다면 엄청난 돈벌이가 될 게 틀림없다.

'흐흐흐! 돈덩이가 굴러왔어.'

그렇게 생각하자 다크 스피어의 얼굴과 황금이 겹쳐 보

인다.

"타나리스에 정착하시는 건 어떻습니까?"

"예?"

뜬금없는 애기에 다크 스피어가 뻥한 표정을 지었다.

"영지에서 경을 고용하겠습니다. 주택을 제공하는 것은 물론이고 원한다면 작위도 내리겠습니다."

갑작스러운 제안에 곁에 있던 아넬리아까지 뻥한 표정을 지었다. 물론 정령사가 희귀한 존재이고 고위 정령을 부린다면 영지군의 전력에 큰 도움이 되는 것은 사실이다. 하지만 마주앉은 자에 관해 알고 있는 게 전무하다.

게다가 작위라니, 소영주가 너무 성급한 결정을 내리는 것 같았다.

"이 친구가 타나리스에 머물기를 원하니 저 또한 제안을 받아들이겠습니다. 다만 작위를 원하지는 않습니다."

다행히 다크 스피어라는 자는 작위를 거절했다.

"좋습니다. 소족장과 함께 머물 거처를 제공하겠습니다만, 대외적인 명분도 있으니 남작 위에 봉하겠습니다."

이유야 갖다 붙이면 그만이기에 대외적인 명분을 내세워 기어코 남작에 봉했다. 사실 작위를 주는 것과 주지 않는 것엔 큰 차이가 존재한다. 영지에서 작위를 받는 다는 것은 곧 가신이 된다는 뜻으로 달리 말하면 영주와 군신관계를 맺는 것이다. 즉, 특별한 경우가 아니면 벗어날 수 없는 족쇄를 채운 것과 다르지 않다.

"잘 부탁드립니다. 다크 스피어스 남작."

"…예."

다크 스피어는 여러 번 거절의사를 밝혔지만, 강철의 가공기술에 빠져버린 블러드후프를 걸고 넘어가자 결국 남작이라는 작위를 받아들였다. 정령수 공장을 손에 넣는 순간이었다. 그리고 정령사 또한 그들만의 연락체계가 있을 터, 다크 스피어스를 통해 추가로 정령사를 확보할 수 있을지도 모른다. 물론 내 생각이다. 뜻하지 않게 정령사를 얻게 되자 이참에 발전소 건설에 필요한 고급인력까지 확보해야겠다는 생각이 들었다. 물론 그 대상은 장인족이다. 테론에게 말해 손전등을 가져왔다.

"이것은 손전등이라고 부르는데 빛을 만들어내는 기물입니다."

스위치를 켜고 끄기를 반복하며 직접 빛이 만들어지는 것을 보여주며 블러드후프에게 건네주자 아주 조심스레 받아든다.

"사용해 보세요."

설명에 따라 직접 손전등을 켜고 끄기를 반복하며 놀라움을 감추지 못한다.

"마법사가 아니어도 빛을 만들어낼 수 있다니 정말이지 대단한 기물입니다."

그러면서 이리저리 살펴보기를 반복했다. 그러나 그가 가진 지식으로는 빛을 내는 원리조차 파악하지 못했다. 뭐, 당연히 놀랄 것으로 예상했지만 그 정도가 조금 심하기는 했다.

"험, 이정도의 기술원리도 파악하지 못한다면 곤란한데……."

손전등처럼 빛을 만드는 거대한 시설공사를 벌일 것이라고 말하며 기술이 부족하다는 뉘앙스를 풍기자 블러드후프가 납작 엎드렸다.

"공사에 참여하고 싶습니다."

그는 꼭 시설공사에 참여하기를 원했다. 물론 공짜다.

"혼자 만요?"

한번 더 시큰둥한 반응을 보여주었다. 기술을 배우고 싶다면 그에 대한 합당한 대가를 지불하라는 뜻이다.

"아닙니다. 부족에 다녀오겠습니다."

손전등을 빌려준다면 부족회의를 통해 기술자들을 대거 데려오겠다는 약속을 내뱉었다.

기어코 원하는 것을 얻었다.

"아이언포지가 가깝습니까?"

"그렇게 멀지 않습니다. 왕복하는데 두 달이면 충분합니다."

서둘러 공사를 준비하더라도 두 달은 넘게 걸리기에 흔쾌히 응했다. 얼마나 많은 기술자들을 데려올지 사뭇 기대되는 순간이었다. 이야기가 마무리되자 아넬리아가 흥미롭다는 표정이다. 굳이 작위를 주려하는 이유를 짐작한 것이다.

"금화를 벌어야지요."

허나 목적이 영지군의 전력향상이 아니라 돈을 벌기 위

해서라는 답변에 황당한 표정으로 바뀌었다. 그깟 작위정
도야 영지를 위해서라면 얼마든지 줄 수 있기에 깔끔하게
무시했다. 그렇게 라면과 커피로 힘든 마몬의 시기를 보낸
영지군과 영지민의 노고를 치하한 후, 성주 집무실에서 쉬
고 있으니 헤론이 도착했다.

"고생했지?"

원래는 내가 영주성에 머물며 각 성을 지원하기로 계획
했지만, 아넬리아가 방문하는 바람에 헤론이 역할을 대신
했다.

"휴! 저쪽 세상의 무기를 도입하지 않았다면 큰일 날 뻔
했습니다."

솔직히 이번처럼 대규모 몬스터가 몰려온다면 기존의 영
지군으로 막아낸다는 것은 불가능하다. 각 성마다 최소한
일만의 정규군과 수만의 징집병이 있어야만 가능했을 것
이다. 막아내더라도 엄청난 인명피해가 발생했을 테고,
헤론의 말대로 저쪽 세상에서 가져온 무기덕분에 마몬의
시기를 보내게 된 것이다.

"제법 피해를 입었지만 어려운 시기를 보낸 것에 만족해
야지."

"예. 마몬의 시기가 다가오는 시점에 저쪽 세상을 찾은
건 신의 한수였습니다."

"내가 운이 좋기는 해. 그보다 네가 직접 온 건 그것 때문
이지?"

각 성의 피해상황을 보고하는 것은 전령이나 전서구등으

로도 가능하다. 그럼에도 헤론이 직접 이곳으로 온 목적은 실험을 위해서다. 몬스터 웨이브가 끝난 만큼 영지의 발전 계획을 완성시켜 나가기 위한 가장 중요한 일이다. 마석을 이용해 초인을 양성할 수 있다는 것 자체만으로도 영지군의 전력을 급상승 시킬 수 있다.

거기에 양성된 초인을 더욱 강력하게 만들 수 있다면 기사에 버금가는 전투력을 지닌 수천수만의 병사를 거느리게 된다. 헤론이 실험에 목메는 이유다.

"당연한 말씀을 하십니다."

"그렇지. 나도 기대가 되기는 해."

중요한 일인 만큼 오랫동안 강철파 조직원들을 한 단계 더 성장시키기 위한 세부적인 방안에 관해 논의했다.

* * *

테라모어성 연무장.

어제 논의한대로 별도로 마련된 장소에서 대근을 비롯한 조직원들에게 한 단계 위의 마석을 복용시켰다. 예전과는 다르게 이번엔 아론이 나서 마나를 인도했다. 직접 보는 것만으로도 엄청난 고통을 느끼고 있다는 것을 알 수 있다. 그럼에도 누구하나 비명을 내지르지 않는 것을 보면 강함을 숭상하는 열망 때문인지 아니면 종족의 특성이 그렇기 때문인지 궁금함이 일 정도다. 어쨌든 고통을 참아내다 죄다 눈을 까집고 기절해버렸다. 하지만 결과는 대

성공이다. 그리고 조직원들이 깨어나자 아론이 직접 일대일 대련을 통해 마나의 운용방법을 다시 한번 가르쳐 주었다. 덕분에 서툴기는 하지만 조직원들 모두가 주먹과 발에 마나를 보낼 수 있게 됐다. 계속해 연습한다면 마나의 운용마저 자연스러워 질 터, 진정한 초인의 반열에 들어서게 된 것이다. 더구나 중급 마석을 복용한 대근은 이곳의 경지로 따져 단숨에 하급 익스퍼트에 해당하는 단계에 올라섰다. 그 결과 아론과 대련을 벌여도 예전처럼 단숨에 패하지 않을 정도다. 다만 부작용을 우려했으나 가주 승계식이 치러진 보름 이후까지 아무런 문제가 발생하지 않았다. 드러난 결과를 놓고 본다면 온연한 초인을 양성하게 된 것이다. 차후 영지군 중에서 특별히 엄선한 자들을 초인으로 양성할 계획이기 때문에 아론 또한 이번의 경험이 큰 바탕이 될 것이다. 강력해진 영지군의 전력이 눈에 선하다.

마몬의 시기도 지나고 가신 가문과의 문제도 해결된 만큼 이제는 영주성으로 돌아가야 할 때다. 게다가 아넬리아가 황제의 교지를 가져온 만큼 가주를 승계 받아야 하기에 테라모어에서의 일이 마무리되자 곧바로 타나리스를 향해 출발했다. 사흘을 이동해 영주성에 도착하자 소식을 접한 영지민이 도로를 가득 메운 채 환호를 보내왔다. 대규모 몬스터가 몰려왔다는 것을 타나리스에 거주하는 영지민도 모르지 않는다. 그럼에도 주변의 4개성에서 몬스터를 막아냈기에 영주성이 소재한 타나리스가 큰 피해를 받지 않았다. 모두가 환호하는 이유다.

영지민의 환호를 받으니 마치 개선장군이 된 기분이다. 아니 몬스터와의 전쟁에서 승리했으니 개선장군이 맞기는 하다. 영지민의 환호에 답하며 영주성에 도착하자 각 부서를 이끄는 가신들이 마중을 나왔다. 그리고 그들을 뒤로하고 저쪽 세상에서 가져온 휠체어에 앉아 계신 아버지와 곁에 서계신 어머니를 볼 수 있었다.

건강을 되찾은 모습이다.

"다녀왔습니다."

"그래. 고생이 많았지?"

"아닙니다. 모두가 힘을 합친 덕분에 이겨낼 수 있었습니다."

수하들에게 공을 돌리자 아버지께서 흐뭇해하시며 아론을 바라보셨다.

"충! 영주님을 뵙습니다."

아론을 비롯한 기사단이 예를 갖추었다.

"모두 수고했다. 어려운 시기에 함께하지 못해 면목이 없어."

"아닙니다. 주군께서 쾌차하신 것만으로도 족합니다."

"고맙다."

기사단과 잠시 이야기를 나누고는 아넬리아를 보셨다.

"예를 차리지 못해 송구합니다."

"아니에요. 쾌차하셨다는 소식을 전할 수 있게 되어 다행입니다. 폐하께서도 기뻐하실 겁니다."

아버지와 아넬리아가 인사를 나누자 에반스가 접객실로

안내했다.

"집사 에반스입니다. 소신이 모시겠습니다."

"부탁드려요."

그날 저녁 아주 오랜만에 영주가 주재한 만찬이 이어졌고, 몬스터와의 전투경험담을 주고받으며 웃음이 끊이질 않았다. 비록 재산상의 큰 피해를 입었지만 공작가가 생긴 이래로 가장 어려운 시기에 맞이하게 된 몬스터 준동을 막아냈다. 아버지께서 더욱 만족하신 건 인명피해가 적었다는 사실이었다. 그리고 만찬이 끝나갈 즈음 아넬리아가 황제께서 내리신 교지를 전하자 그 자리에서 가주 승계 일을 지정했다.

백상어파를 먹자는 거야?

　보름 후.

　영지민의 환호를 받으며 가주를 승계 받았다. 타나리스 영지의 진정한 주인이 되었다는 뜻이다. 가주 승계식이 끝나자 곧바로 아론을 비롯해 가신들의 충성맹세가 이어지고 뒤를 이어 확대 개편한 기사단의 임용식이 진행됐다. 새로이 타나리스 기사단을 창설했는데 마몬의 시기에 큰 공을 세운 강철파 조직원을 기반으로 했다.

　타나리스 기사단은 순전히 테론이 만든 비법으로 탄생했기에 그에 대한 합당한 보상도 주어졌다.

　"앞으로 나서라."

테론이 무릎을 꿇었다.

"테론은 영지의 재정을 확충하는데 큰 공을 세웠을 뿐만 아니라 영지군의 전력을 향상시키는데 일조했다. 해서 그에 대한 보상을 내리고자 한다."

영지민이 들을 수 있도록 큰 소리로 테론의 공적을 말했다.

"그동안 고생이 많았어."

"아닙니다, 주군. 당연히 해야 할 일이었습니다."

답을 하면서도 억지로 웃음을 참고 있다는 게 표정에서 느껴진다. 수많은 시선이 지켜보는 가운데 영주로부터 공적을 인정받으니 누구라도 우쭐해지기는 할 것 같다.

덩달아 미소를 지으며 공표했다.

"테론을 타나리스 기사단장에 임명한다."

순간, 고요한 정적이 흘렀다. 테론으로 하여금 타나리스 기사단을 이끌게 하자 아론을 비롯한 삼족오 기사단이 크게 놀란 표정이다. 당사자인 테론도 마찬가지다. 너무나 놀란 나머지 그저 큼지막한 눈동자만 껌뻑거렸다.

"오오오! 축하드립니다, 보스."

그러나 침묵도 잠시 강철파 조직원이 축하를 건네자 뒤이어 영지민이 커다란 환호를 질렀다.

"와아아! 테론경 만세!"

지금의 일로 누구라도 능력만 있으면 중용된다는 것을 느꼈을 것이다. 새롭게 가주가 된 영주의 성향이 드러나는 순간이었다. 영주의 결정에 아론을 비롯한 삼족오 기사단도 이의를 제기하지 않았다. 그들 역시 테론의 공적을 알기에 조용히 고개를 끄덕였다. 테론 또한 정식기사에 임용된다는 것을 대외적으로 공표하는 줄 알았지 새롭게 창설된 타나리스 기사단을 이끌게 될 줄은 몰랐다.

"가, 감사합니다. 주군."

"할 일이 더욱 많아질 거야."

"걱정 마십시오. 영지를 위해서라면 무슨 일이든 해내겠습니다."

"그래, 기대하마."

테론이 무척이나 상기된 표정으로 우렁차게 답했다.

다음으로 강철파 조직원의 기사 임용식이 이어졌다.

일부러 수많은 영지민이 지켜보는 계승식에 맞추어 임용식을 가지자 역시나 들뜬 표정이다. 아마도 영화나 책으로만 접했던 과정을 직접 겪게 되자 색다른 기분을 느끼고 있을 것이다. 물론 작금의 행위는 조금이라도 더 타나리스에 소속감을 가지라는 뜻에서 계획한 것이었다.

"대근은 앞으로 나서라."

모두가 지켜보는 가운데 대근을 타나리스 기사단 부단장에 임명했다.

"충심을 다하겠습니다. 추웅!"

테론이 하는 것을 지켜본 듯 왼쪽 무릎을 꿇은 채 오른손을 왼쪽 가슴에 대며 충성맹세를 했다. 대근을 필두로 일일이 조직원을 호명해 임용식을 가졌다.

영지민의 환호 속에 새로 창설된 타나리스 기사단은 주

로 저쪽 세상에서 활동한다. 경비용역업부터 사설경호, 나아가서는 민간군사기업분야까지 진출하기로 계획한 만큼 기사단의 규모는 기하급수적으로 커질 것이다.

이들은 저쪽 세상의 부를 가져오는 첨병이 될 것이고, 타나리스가 가진 가장 강력한 비밀병기가 될 것이다.

그리고 머지않은 시기에 타나리스 기사단이 보유한 강력한 무력이 그 실체를 드러내게 된다.

* * *

수하들을 데리고 아지트에 도착한 대근은 어이가 없었다. 익숙한 얼굴은 사라지고 죄다 낯선 자들이 사무실을 차지하고 있었기 때문이다. 물론 게 중에는 안면이 있는 자들이 있긴 했으나, 강철파 조직원은 아니다.

"이 새끼들은 뭐야?"

"백상어파 애들 같은데요."

대근과 수하들이 들어서자 아지트를 지키던 백상어파가 부산해졌다. 마치 대근을 기다렸다는 듯이 각종 무기를 쥔 수십 명의 덩치가 몰려왔다. 작금의 상황만으로도 무슨 일이 일어났는지 알 수 있었다.

"형님. 우리가 없던 새에 저놈들이 이곳을 접수한 모양입니다."

"하아! 잔뜩 고생하고 왔더니 별게 다 귀찮게 하네."

"어차피 잘된 일일 수도 있겠습니다."

"뭔 말이야?"

"큰형님께서 주먹계를 일통하신다고 말씀하지 않았습니까?"

"이참에 백상어파를 먹자는 거야?"

"놈들이 먼저 쳤으니 명분이야 충분합니다."

"뭐, 걸어온 싸움을 피할 수는 없으니……."

잠시 머뭇거리던 대근이 결정을 내렸다.

"좋다. 형님께는 따로 보고하고 이참에 백상어파를 접수하자. 우선 저놈들부터 치워."

"옛! 형님."

숫자가 무색하게도 일방적인 싸움이었다. 오십 명에 달하는 백상어파 조직원들은 싸움이 시작되고 불과 10분도 흐르기 전에 죄다 바닥을 기고 있었다.

두 달이었다. 불과 두 달 사이에 조직원들의 무력은 능히 일당백의 전투력을 자랑할 정도로 변해버렸다.

"저희는 나설 필요도 없겠습니다."

강철파 행동대장인 철진의 말대로 선두에선 인규와 준섭만으로도 충분했다. 싸움이 벌어지고 얼마 지나지도 않아 백상어파 조직원들을 모두 눕힌 인규와 준섭이 손을 탈탈 털며 다가왔다.

"형님. 너무 쉬운데요."

"그렇습니다. 투로가 훤히 보여 맞아주기도 힘듭니다."

그럴 만도 했다. 아론을 비롯한 기사단과 벌인 비무와 비교한다면 전투라고 할 수도 없었다. 더구나 목숨을 걸고 벌인 몬스터와 사투에 비한다면 싸움 축에도 끼질 못했다. 그만큼 상대가 약했다.

"저놈들 한곳에 처넣고 행동대장 데려와."

명을 내린 대근이 보스실로 이동했다. 소파에 몸을 기댄 채 커피 맛을 음미하며 모처럼 아늑한 기분을 느꼈다.

"형님. 데려왔습니다."

응급조치를 받았는지 부러진 팔에 부목을 댄 백상어파 행동대장이 끌려와 무릎을 꿇었다. 말없이 백상어파 행동대장을 응시하는 대근이었고, 시선을 받은 행동대장은 알 수 없는 기운에 두려움을 느꼈다.

마나를 다루는 자가 내뿜는 기운. 몬스터와 벌인 생사대결로 인해 자연스럽게 가지게 된 기운이었다. 물론 저런 기운을 내뿜게 되었다는 것을 대근은 몰랐다.

"이름이 뭐야?"

"…손철주입니다."

"그래. 철주야. 네가 이곳에 있는 이유를 설명해봐."

백상어파가 강철파 본거지를 접수한지 2주째였다.

관리하던 영업장소는 모두 넘어갔고 조직원들은 뿔뿔이 흩어졌다. 사로잡은 백상어파 조직원을 상대로 심문을 해본 결과도 행동대장인 철주의 말대로 그저 세력다툼으로 알고 있을 뿐이었다.

"비상연락망으로 애들 불러 모으고 다친 애들 입원한 곳이 어딘지 알아봐."

"예, 형님."

"얘들 모이는 대로 백상어파를 접수할 테니 준비하고."

"예, 형님."

대근의 명을 받은 수하들이 바삐 움직였다.

*　　*　　*

백상어파 본거지.

백상어파가 강철파를 습격했을 땐 보스라는 자와 부두목인 대근, 일부의 조직원들이 자리를 비운 상황이었다.

사로잡은 조직원들을 문책한 결과 모두가 출장 갔다는 한결같은 답변을 내놓았기에 그들이 돌아올 때까지 기다리기로 했다. 그리고 오늘 출장 갔던 강철파 부두목과 조직원들이 돌아왔다는 보고를 받았다. 이때를 대비해 오십 명에 달하는 수하들을 상시 상주시켰기에 무난히 제압하리라 확신했지만, 첫 보고를 받은 지 한참이 지나도 결과에 관한 보고가 들어오지 않았다.

물론 휴대폰 또한 받지 않았다.

"실패한 것 같습니다."

"주력이라고 해도 겨우 열 명이 넘을 뿐인데 오십 명이 당한다는 게 말이 돼?"

"아마도 달아났던 놈들이 가세한 것 같습니다."

"젠장! 처음에 잡았어야 했어."

허나 후회한들 이미 실패했다. 이렇게 되면 남은 것은 조직 간의 전쟁뿐이기에 백상어파를 이끄는 이기백은 조직원들을 모두 불러들였다. 이번도 마찬가지로 강철파가 조직을 정비하기 전에 습격하기로 생각한 것이다.

"뒷일은 걱정 말고 챙길 수 있는 것은 모두 준비해."

"옛! 보스."

시퍼렇게 날이 선 일본도를 비롯해 조직원 모두가 쇠파이프와 칼로 무장한 채 출동 명령을 기다렸다.

그러나 상황은 예상과는 다르게 흘러갔다. 오히려 강철파에서 본거지를 습격해왔다.

"강철파 대근이다. 오늘 백상어파를 접수하겠다!"

아니, 습격이 아니라 본거지 앞에 도착해 정식으로 선전포고를 해온 것이다. 그것도 백상어파가 준비할 수 있게 넉넉한 시간까지 주면서 말이다.

백상어파 두목 이기백이 황당한 표정을 지었다.

"하하! 아주 정신이 나갔어."

습격이라고 해서 바짝 긴장했지만, 마주한 강철파 조직원은 고작 스물도 안됐다.

행동대장인 홍철이 한마디 거들었다.

"어이! 대근아 운 좋게 살아났으면 어디 조용한 곳에서 처박혀 살아야지."

"내 꿈이 이 바닥을 일통하는 건줄 몰랐어?"

"오호! 아직도 헛꿈을 꾸고 있어?"

"짜식아! 사내는 꿈을 먹고 사는 거야."

"하하! 어쩌냐? 오늘 네 꿈도 날아갈 것 같은데?"

"그야 지나면 알거고. 근데 아직도 막대기 넣고 다녀?"

"그래. 네 놈 대갈통에 한방 먹여줄 날만 기다렸다."

"쯧쯧, 부하들 보기 쪽팔리지 않아? 하긴 주먹이 약하니 그거라도 사용해야지."

"미친놈. 너 정도는 이거 없어도 이긴다."

홍철이 품에서 꺼낸 권총을 빙그르 돌리며 답했다.

"오호! 자신감 쩌네. 그러면 본 게임에 앞서 몸이나 한번 풀까?"

"좋지. 나서라."

대근과 홍철은 밑바닥 시절, 함께했다. 조금씩 이름이 알려지자 백상어파에서 둘을 거두려 했지만 마약을 유통하는 것에 거부감을 느낀 대근이 강철파에 몸담게 되면서 갈라졌다. 그때부터 강남을 두고 사사건건 대립했다. 대근과 홍철이 마주보며 섰다. 서로에 대해 잘 아는 만큼 예전의 대결에서는 박빙의 승부가 펼쳐졌었다. 그러나 이번엔 달랐다. 대근이 여유로운 표정으로 질문을 건넨다.

"백상어파를 접수하면 함께할래?"

"말이 되는 소리를 해라."

홍철이 주변을 둘러보며 답했다.

"내 말이, 믿기지 않지?"

"네 눈엔 쟤들이 안보이냐? 백 명이 넘는다. 네놈 살아나 갈 걱정이나 해라."

"하하! 예전의 강철파가 아니라는 걸 곧 깨달을 거야."

"잔말 말고 시작하자."

홍철이 빠르게 다가서며 주먹을 내질렀다. 이후의 양상

은 홍철이 수십 번의 공격을 가해도 대근의 털끝조차 만지지 못할 정도로 압도적인 실력차이를 보였다.

시간이 지날수록 홍철의 표정이 놀라움으로 변해갔다.

홍철의 공격을 여유롭게 피한 대근이 말했다.

"어때? 너와 나의 차이가 느껴져?"

"도대체 무슨 일이 있었던 거냐?"

공격을 이어가며 홍철이 되물었다.

"하하하! 인정이 빨라서 좋아. 함께한다면 너도 나처럼 강해질 수 있어."

"그건 네 말대로 백상어파를 접수하고 난 다음 생각할 문제고."

홍철이 바짝 붙으며 말했다.

"좋아. 이만 끝내자."

대근이 허리를 숙여 홍철의 돌려차기를 피하더니 왼발을 이용해 복부를 가격했다. 홍철이 복부를 움켜잡고 토를 했다. 순식간에 승부가 결정 나자 쓰러진 홍철을 뒤로하고 대근이 외쳤다.

"조져!"

"우아아!"

강철파 조직원들이 함성을 지르며 백상어파 조직원들 사이로 뛰어들었다.

"세상에!"

백상어파를 이끄는 두목 이기백이 경악했다. 눈앞에 벌어지는 광경은 숫자가 무색하게도 일방적인 싸움이었다.

마치 양떼 무리 속에 늑대가 뛰어들어 무자비한 살육을 벌이는 듯 보였다. 게다가 강철파 조직원들의 움직임은 어떤가? 동시에 조직원 서넛이 공격해도 아주 여유롭게 피할 뿐만 아니라 한번의 공격으로 수하 한 명씩 바닥을 뒹굴게 만든다. 이기백이 보기엔 싸움의 달인들이었다.

'강철파가 저렇게나 강했었나?'

의문도 잠시 강철파 조직원 하나가 웃으며 다가왔다.

"어이! 형님께서 잡아오라는데?"

자신마저 무너지면 백상어파는 끝이다. 하나같이 대단한 무력을 선보이는 강철파기에 긴장을 안 할 수가 없다.

"막아!"

곁에 있던 수하들에게 명령을 내리고는 주변을 둘러봤다. 이미 싸움은 끝을 향해 달려가고 있었다.

'다음을 기약해야 하나.'

내심 고민이 됐지만, 쉽게 결정을 내리지 못했다.

자신이 도망치는 순간 백상어파는 완전히 무너진다.

그러나 이곳에서 있다한들 승부를 뒤집을 순 없다.

더구나 강철파에서 자신을 살려줄지도 미지수고.

자신의 이름대로 기백 하나만으로 검은 세계를 주름잡아왔던 그였지만, 결국, 자리를 피하기로 결정했다.

뒷배가 든든한 만큼 재기할 여지는 충분했고.

"…가자."

입술을 깨물며 남은 수하들을 데리고 곧바로 현장을 이탈했다.

영주,
재벌이 되다

영지 개발을 위한 준비

타나리스 유통.

영지 일을 마무리하고 근 두 달 만에 회사에 출근하자 직원들이 반갑게 맞이했다. 회사가 급성장하면서 사원들의 복지에 신경쓰다보니 직원들의 표정이 밝아서 좋다.

"출장은 잘 다녀오셨어요?"

"덕분에요."

해수가 커피를 내오며 인사했다. 해수가 나가자 김 부장이 긴장된 표정으로 물어왔다.

"어찌됐습니까?"

"큰 어려움 없이 이겨냈습니다. 그보다 준비는 됐습니까?"

"예. 명하신대로 준비했습니다."

마몬의 시기가 끝남과 동시에 영지 정비사업을 벌이고자 계획했기에 김 부장에게 제반 준비를 갖추라는 지시를 내렸었다. 김 부장은 영지민의 터전이 파괴된 것 외에 큰 인명피해가 없다는 사실에 안도하며 영지 정비를 위해 준비한 상황을 보고했다. 일차로 정비 사업에 투입되는 기술자만 백 명이 넘었고, 한림건설에서 직접 기술자들을 이끌고 공사를 진행하기로 결정한 모양이다.

토목공사에 관해서는 이진성 대표가 최고인 만큼 기술자들을 이끄는 것은 어쩌면 당연했다. 하지만 한림건설에서 진행 중인 아파트 공사가 문제였다.

"공사는 어찌하시려고요?"

"그건 별도의 팀이 진행할 겁니다."

"별도의 팀요?"

뜻밖의 이야기였다. 김 부장은 아파트 공사를 위해 별도의 인력을 구성했는데 일전에 만나기로 한 박 회장 밑에서 일하던 시행 팀 전원을 채용했다.

스무 명에 달하는 조직을 통째로 데려온 것이었다.

"앞으로 시행사업을 벌여나가려면 그쪽에 특화된 전문집단이 필요하다고 판단했습니다."

"그러면 한림건설에 근무하는 직원들은 어찌됩니까?"

새로운 조직이 들어오면서 기존의 직원들을 해고하는 게 아닐까 했다.

"한림건설은 공사에 특화된 조직입니다. 그런 자들에게

시행사업을 맡기는 건 옳지 않다고 보입니다."

틀리지 않은 말이다. 실패한 한림건설의 사례에서 보듯 아파트만 지어놓는다고 분양이 되는 것도 아니었다. 시행사업은 시행 팀, 각종 공사는 시공 팀에게 맡기는 게 맞았다.

"마침 박 회장님께서 기존에 진행하셨던 사업을 마무리 하셨기에 조직을 송두리째 인수할 수 있었습니다."

고개를 끄덕여 김 부장의 결정에 동의했다.

"잘하셨습니다. 조직의 인수비용을 넉넉히 지불하세요."

"안 그래도 40억을 책정했는데 거절하셨습니다."

박 회장은 인수비용 전액을 직원들에게 특별 상여금으로 지급하기를 원했다. 물론 타나리스 유통에서 스카웃 비용으로 지불하는 방식이다.

"그 정도 거액을 선뜻 내어놓다니 배포가 대단하신 분입니다."

"워낙에 자산이 많으시니 그리 어려운 일도 아닐 겁니다."

김 부장이 웃으며 답했다.

"쩝!"

부럽다는 표정을 짓자 김 부장이 한마디 거든다.

"대표님께서도 머지않았습니다."

나 또한 박 회장과 마찬가지로 직원들에게 특별금을 챙겨줄 수 있다는 말이었다.

"빨리 그런 날이 왔으면 좋겠습니다. 그건 그렇고 중장비도 준비되었지요?"

"예. 대형장비는 모두 분해해둔 상태입니다."

마법 배낭이 만능은 아니기에 덩치가 큰 중장비는 분해한 상태로 가져가 조립해야 한다. 일차로 가져가는 중장비만도 일백 대에 달했다. 굉장히 많은 수량 같지만 발전소 공사와 영지개발에 분산한다면 오히려 부족하다. 앞으로 2차분과 3차분까지 적어도 삼백 대 정도는 더 가져갈 생각이다. 거기에 공사용 트럭까지 합한다면 정말이지 대규모 건설장비가 동원되는 것은 맞다.

"연료도 챙겨 두었지요?"

장비를 가동하기 위해서는 엄청난 분량의 연료가 필요하다. 그래서 상업부를 통해 석유와 석탄, 시멘트와 같은 광물을 찾으라는 지시를 내려두었다. 물론 아직까지 찾지 못했지만, 저쪽 세상에도 틀림없이 존재할 터, 다방면으로 찾고 있으니 머지않아 결과를 얻게 될 것이다.

물론 찾는다고 해서 당장에 사용할 순 없지만, 추후 이곳의 기술문명을 가져간다면 꼭 필요한 자원인 만큼 반드시 찾아두어야 한다.

"물론입니다. 뒤쪽 공터에 쌓아두었습니다."

김 부장이 준비해둔 물량은 경유 200만 리터, 일만 드럼이다. 말로서는 감조차 오지 않았으나 공터에 쌓인 수량을 보고서는 기겁했다. 그러나 저렇게나 많은 양임에도 한 달을 사용하지 못한다. 엄청난 규모 앞에 멍하니 있자 김 부장이 걱정스런 표정이다.

"여러 번 왕복하는 게 귀찮지만 옮기는 건 어렵지 않습니다."

산처럼 쌓인 석유를 보니 5서클을 만들 때 찾아온 연이은 깨달음을 내 것으로 만들지 못한 게 안타까웠다. 그때 7서클에 올랐다면 아공간을 가질 수 있었을 터, 그랬다면 기겁할 이유도 없었을 것이다. 어쨌든 여러 가지 일을 벌이다보니 옮겨야 할 물량이 기하급수적으로 증가한 만큼 이번에 넘어갈 땐 마법 배낭을 더 많이 구매해야 할 것 같다.

"허면 기술자들은 언제쯤 이동시킬 겁니까?"

"1주일 후는 어떻습니까?"

"알겠습니다. 1주일 후 이곳에서 출발하는 것으로 통보하겠습니다."

일꾼과 장비를 비롯해 영지개발을 위한 준비상황을 점검한 후, 이번에 구상한 새로운 아이템에 관해 의견을 물었다.

"무엇입니까?"

"이곳은 돈을 받고 물을 팔지 않습니까? 해서 물장사를 해볼까 해서 가져왔습니다."

"그렇기는 합니다만."

이미 생수 사업은 포화상태다. 큰돈이 되지 않는다는 뜻이었기에 김 부장의 표정은 회의적이었다.

"지하 암반수니 심해 청청수니 하는 그런 물이 아닙니다."

김 부장에게 건네준 것은 이곳의 생수병에 담은 정령수다. 정령수에 관해 설명하자 듣고 난 김 부장이 놀라워하며 오히려 더욱 적극적이다.

"대표님 말씀대로라면 경쟁력이 충분합니다. 아니, 정령수의 효능을 알게 된다면 전 세계적으로 엄청난 매출이 발생할 겁니다."

"그래서 마석을 원료로 한 제품처럼 고가정책을 펴나가는 게 어떨까 생각했습니다."

"당연합니다."

김 부장은 신비한 느낌이 나도록 도안을 만들고 제품명 또한 고급스럽게 느껴지도록 하자는 의견을 제시했다. 그동안 이쪽 세상의 물건을 가져가기만 했는데 이 세상에 오래 머물다보니 저쪽 세상의 물건도 팔아먹을 게 보이기 시작했다. 그 첫 번째로 정령수를 담은, '신비수' 라는 생수가 탄생하는 순간이었다.

이제부터가 진정한 돈벌이가 시작된 것이다.

* * *

고풍스러운 분위기를 갖춘 강남의 요정. 금괴와 장부의 행방을 확인하고자 강철파 두목을 잡아오라는 명을 내렸었지만, 오히려 이기백이 머리를 조아리고 있다.

"쯧쯧!"

강만수가 냉정한 시선으로 혀를 찼다.

"놈을 잡기는커녕 조직이 와해될 정도에다, 영업장까지 빼앗겼다고?"

"송구합니다. 한번 더 기회를 주시면 틀림없이 잡겠습니다."

"이미 수하들을 대다수 잃지 않았나?"

"흩어진 수하들을 모으겠습니다. 그리고……."

이기백이 망설이자 강만수가 표정을 찡그렸다.

"천하의 이기백이 기가 죽었어. 도구를 바꿔야 할 것 같아."

강만수의 말에 이마가 바닥에 닿을 정도로 더욱 머리를 조아리는 이기백이다.

"서울의 주먹을 모두 동원하겠습니다."

주먹들을 동원하겠다는 것은 언질을 해주라는 뜻이다. 온갖 더러운 일을 처리하기 위해 오래전부터 도구로 살아온 이기백을 은밀하게 부린 그였다. 그러나 다른 놈들과 연결되는 것은 위험하다. 자칫 정치생명이 끝날 수 있다는 뜻이다.

"음……."

강만수가 고민하자 눈치를 보던 이기백이 한마디 거든다.

"곧 있으면 대선이지 않습니까?"

이기백의 말은 뒷배를 봐주는 대신에 검은 돈을 만들 수 있다는 뜻이다.

"험……."

강만수가 헛기침을 내뱉었다. 그러자 고개를 조아린 이

기백의 표정이 살짝 펴졌다. 강만수가 저런 행동을 보일 때면 관심이 있다는 뜻이다.

"큰 거 두 장은 충분할 겁니다."

2천억이라는 뜻이다.

"흐음……."

"모두가 어르신의 보살핌을 받고자 합니다. 수족으로 부리기에 부족함이 없을 겁니다."

"내가 원하면 부리지 못할 놈이 있을까?"

"알고 있습니다. 하오나 바닥의 생리를 잘 아는 자가 나서야 하지 않겠습니까?"

"버려질까 두려운가?"

"어르신 뜻에 따르겠습니다. 하오나 기르던 개가 더 낫지 않겠습니까?"

"기르던 개라……."

잠시 생각을 정리하는 강만수였다.

"다시 한번 기회를 주지."

"감사합니다."

"두 번은 없을 게야."

"물론입니다."

강철파에 영업장을 모두 빼앗긴 백상어파가 손을 잡은 건 강북을 장악한 종로파와 영등포 일대를 장악한 강서파, 강동 일대를 장악한 동대문파 등 서울을 대표하는 주먹들이다. 이들 또한 거물 정치인을 뒷배로 둘 수 있다는 설명에 흔쾌히 연합했다.

* * *

아파트 신축 현장.

박 회장이라는 이는 대략 170정도의 키에 아주 땅땅한 몸뚱이를 지녔고, 예순의 나이가 무색하게도 굉장히 정정했다. 조금씩 내려앉은 서리가 세월의 깊이를 간직하지 않았다면 갓 오십으로 봤을 정도다. 그와 시선을 마주하자 마치 내면 깊숙이 까발려지는 느낌이 들 정도로 매서웠다. 마나를 다루지 못하는 일반인이 이정도로 강한 기운을 내뿜을 수 있다는 사실이 무척 흥미로웠다.

박 회장을 만날 때면 굉장히 조심스럽다는 김 부장의 말이 이해됐다. 그는 포식자의 기운을 품고 있었다.

"처음 뵙겠습니다. 타나리스 유통 김루이라 합니다."

"박부건입니다."

간단히 인사를 건넨 후 간이로 마련한 테이블로 안내하자 김 부장이 직접 차를 내왔다.

커피를 한 모금 들이 킨 다음 궁금한 점을 물었다.

"굳이 이곳에서 만자자고 하신 연유가 있습니까?"

박 회장이 빙그레 미소를 지으며 주변을 둘러봤다.

이곳은 신도시가 들어서는 곳으로 사방엔 골조공사를 끝낸 수천 세대의 아파트뿐이었다.

"시행 사업에 관심이 있다고 들었습니다."

"예. 나름대로 정보를 찾아봤습니다. 사업의 매력에 빠져 심장이 벌렁거릴 정도였습니다."

"대단한 사업이기는 하지요."

"그렇습니다. 정말이지 사내라면 한번은 도전해 볼만한 사업으로 느꼈습니다."

대답에 박 회장의 시선이 나에게로 향했다.

제법 놀랍다는 표정이다.

"돈이 목적이 아니었습니까?"

"당연합니다. 큰돈이 움직이는 만큼 큰 이득을 보리라 생각했습니다. 허나 돈보다는 성취감이 더욱 기대됩니다."

아무것도 없는 허허벌판에 대규모 도시를 만든다는 것은 결코 쉬운 일이 아니다. 무에서 유를 창조하는 사업. 그것을 이룬 후에 느끼게 될 성취감은 아마도 대마법사에 오를 정도로 대단하지 않을까 생각된다.

"목적한 바를 이루기 위해서는 큰 자금이 필요합니다. 젊은 나이에 그 정도 재력을 가지셨다니 놀랍군요."

"곡해하셨습니다. 저는 대규모 도시를 만들 수 있을 정도의 재력을 지니지 않았습니다. 공사대금이야 회장님께 배우면 가능하지 않겠습니까?"

이번엔 놀라움이 아닌 황당하다는 시선으로 바라본다.

"하하하하!"

한동안 그렇게 바라보더니 이내 크게 웃는다.

"맞습니다. 본인이 가진 자본으로 사업을 해나가는 건 하수들의 생각이죠. 그런 면에서 김사장은 시행 사업을 할 수 있는 자격을 갖추었습니다."

"좋게 봐주셔서 감사합니다."

이후로 시행에 관한 자신의 경험담을 주제로 대화를 나누었다. 중간 중간 궁금한 점을 물을 때면 경우의 수까지 예로 들어 설명해 주었다. 그런데 결론이 황당했다.

"허면 특별한 방법이 없다는 겁니까?"

"물론입니다. 시행은 안다고 해서도 안 됩니다. 그저 경험은 경험일 뿐입니다."

박 회장의 지론은 '물어보라.'였다. 같은 장소에 있는 땅이라도 주변의 환경에 따라 여러 가지 결론이 나오기에 정해진 답이 없다는 뜻이다. 뭔가에 홀린 기분이다.

게다가 신축중인 아파트가 분양이 저조해 자금이 물리게 생겼다. 그래서 박 회장과의 만남을 통해 그에 대한 해답을 찾고 싶었으나 건진 게 없었다.

직접 질문을 건네야 할 것 같았다.

"아시다시피 분양이 저조합니다. 해답이 없겠습니까?"

박 회장이 고개를 끄덕였다.

영주,

재벌이 되다

기르던 개가 더 낫다

이미 타나리스 유통이 처한 사정을 알고 있다는 듯 김 부장에게로 시선이 향했다.

"분양이 저조한 이유를 파악했는가?"

"나름대로 추측을 해봤습니다."

"말해보게."

김 부장이 파악한 분양이 저조한 이유는 크게 두 가지였다. 첫 번째는 브랜드다. 주변의 아파트는 소위 말하는 1군에서 건축했고, 타나리스 유통은 솔직히 말해 듣지도 못한 회사였다. 지명도가 없었기에 소비자들은 당연하게도 1군 브랜드를 선호했다.

두 번째는 미래의 아파트 가격이다. 비록 이곳의 아파트가 위치 면에서 뒤떨어지진 않았지만 아무래도 미래의 가격은 1군 아파트가 더 높게 형성될 게 뻔하다.

설명을 듣고 난 박 회장도 동의한 모양이다.

"문제점을 파악했다면 해결할 방법도 있겠군."

"휴… 그게 쉽지 않습니다."

김 부장이 한숨을 쉬면 답했다. 브랜드 명을 바꾸고자 1군과 협의를 해봤지만 확답을 받지 못했다. 이미 결과를 알고 있다는 듯 박 회장은 한동안 누군가와 통화를 하고는 김 부장에게 모델하우스에 관해 물었다. 그러더니 모델하우스로 자리를 옮겼다. 근무 중인 직원의 안내로 곳곳을 살펴보고는 거실에 앉아 부족한 점에 관해 의견을 피력했다. 물론 받아들이는 것은 온전히 이쪽의 몫이다. 박 회장이 지적한 부분은 선택과 집중이었다. 모델하우스는 경쟁사인 1군 브랜드와 비교해도 부족하지 않았다. 그렇다고 특별히 나은 부분도 없었다. 이게 문제였다. 너무나 평이했기에 소비자들을 현혹하지 못한 것이다. 1군과 비슷한 설계에 다르지 않은 내부인테리어로는 1군 브랜드를 넘어설 수 없었다. 그래서 제안한 게 선택과 집중이다. 똑같은 공사대금을 사용하더라도 어느 한곳을 특별하게 부각시켜야 소비자를 현혹할 수 있다는 뜻이다. 즉, 누구라도 만족할 만한 특별한 포인트를 가져야만 뇌리에 각인되어 분양이 된다는 말이었다.

"어떤 부분을 돋보이게 하면 되겠습니까?"

"그거야 주변 모델하우스를 둘러본 다음 자네가 결정할 일이지."

"아……."

"무엇보다 주부들의 성향을 파악하는 게 가장 중요하네."

"물론입니다."

김 부장이 이해했다는 듯 자신감에 찬 표정을 지었다. 하지만 박 회장은 못미더웠는지 한마디 더 했다.

"애들은 아직 출근 전인가?"

이번에 인수한 시행 사업 부서에 근무할 직원들을 말하는 것이다.

"다음 주부터 출근할 겁니다."

"이 팀장을 데리고 움직이게."

김 부장이 사업전체를 관리하려면 배우라는 뜻이었다. 기분이 나빴을 법도 하지만 김 부장은 흔쾌히 받아들였다.

"그리하겠습니다."

"이곳은 대유가 강세니 아파트 명은 푸르지오로 하는 게 좋겠군."

"대유와도 협의를 해봤지만 답변을 받지 못했습니다."

"이 팀장을 데리고 방문하면 될 걸세. 그리고……."

이외에도 몇 가지 지시를 내리는 박 회장이다. 지시를 받은 김 부장이 물러나자 궁금한 것을 질문했다.

"이 팀장과 방문하면 가능하다는 말씀 같은데 이유가 있습니까?"

"친하다는 것 외엔 특별한 이유는 없습니다."

말과는 다르게 특별한 이유가 있었다. 박 회장은 오롯이 시행만을 해왔고, 실제 건축은 모두 하청을 주었다. 사업의 규모 자체가 모두 대단지였기에 대부분의 하청업체는 1군 건설사였고, 그중에서도 대유건설을 선호했다.

즉, 대유를 끌어들이기가 가장 편하다는 뜻이었다.

덕분에 푸르지오라는 아파트 명을 사용할 수 있게 됐고, 아래쪽에 조그맣게 타나리스 유통의 브랜드인 '누리마루'라는 명칭까지 새길 수 있었다.

박 회장은 현장을 살펴보는 것만으로도 단번에 문제점을 지적하며 해결할 수 있는 방안까지 제시해 주었다. 새롭게 인수한 한림건설 이진성 대표가 인정했고, 김 부장이 그토록 칭찬한 이유를 알게 되는 순간이었다. 과연 박 회장이 내어놓은 방안이 저조한 분양 실적을 높일 수 있을 것인지 사뭇 기대가 되었다. 물론 성과가 나온다면 큰 대가를 치루더라도 반드시 얻어야 할 인재다.

* * *

타나리스 유통.

공장 뒤뜰에 별도의 건축물을 지었다. 겉으로 보기엔 직원들의 휴게실처럼 보이지만 영구적인 이동 마법진이 설치된 곳이다. 물론 마나를 다루지 못하는 일반인은 사용할 수 없지만, 타나리스 유통엔 김 부장을 비롯해 강철파 조직원 둘이 상주하기에 마나를 다루는 자가 존재한다.

"이곳에 마나를 불어넣으면 마법진이 활성화 됩니다. 해 보세요."

난생처음으로 마법진을 사용하게 되자 살짝 긴장한 모습 이었지만, 지시에 따라 마나를 보내자 푸른 기운이 일렁이 며 마법진이 활성화 됐다.

"하하! 저도 마법사가 된 겁니까?"

단번에 성공하자 아이처럼 기뻐한다.

"잘하셨습니다. 마법진이 활성화 됐으니 이제 시동어를 외쳐야 됩니다."

이 세상에도 마나를 다루는 자가 존재하고 그들이 이곳 을 염탐할 수 있기에 추가로 안전장치를 두었다.

"타나리스여 위대하라! 이렇게 외치면 차원홀이 있는 동 굴로 이동하게 됩니다."

솔직히 시동어가 조금 오글거린다는 느낌에 김 부장의 표정을 살폈더니 의외로 아주 마음에 들어 했다.

"남들이 들을 수 없도록 작게 외쳐야겠군요."

"그렇죠. 항상 조심해서 나쁠 게 없습니다."

김 부장이 시동어를 외치자 순식간에 배경이 변하며 동 굴로 이동했다. 이동 마법진의 사용법을 익히게 한 것은 나와 헤론, 테론이 부재중일 때 급한 소식을 전해받기 위 해서다. 그렇게 두어번 왕복하며 몸에 익히자 김부장이 새 로운 제안을 해왔다.

"곳곳에 이동 마법진을 설치한다면 업무에 큰 도움이 되겠습니다."

"안 그래도 거점이 확보 되는대로 영구적인 이동 마법진을 설치할 계획입니다. 나아가 이 세상 곳곳에도 거점을 만들 생각입니다."

이 나라뿐만이 아니라 세계 곳곳에 이동 마법진을 설치하겠다는 말에 김 부장이 놀란 표정을 지었다. 사실 처음엔 의아했었다. 비록 과학이라는 학문이 이 세상을 대표하지만 마나를 다루는 자들이 존재하는 만큼 마법도 이어져왔다. 물론 과학기술의 발달로 세상 곳곳을 이동하는 게 어렵지 않지만, 그래도 이동에 오랜 시간을 소모해야 하는 불편함이 존재한다. 현재의 과학기술이 가진 한계다. 반면에 마법은 현재의 과학기술로는 불가능한 공간이동을 가능하게 한다. 한순간에 세상의 끝에서 끝까지 이동이 가능하다는 뜻이다.

그럼에도 왜 마법진을 이용하지 않을까? 처음에 가졌던 의구심이다. 물론 지금엔 그 이유를 알았다. 해답은 마나였다. 마법진을 활성화시키기 위해서는 마나가 필요하고 거기에 더해 마나를 다룰 수 있는 자가 필요하다. 즉, 이 세상엔 광물형태로 존재하는 마나석도 없고, 마나를 얻을 수 있는 몬스터가 지닌 마석조차 구하지 못한다. 다시 말해 일부의 초인을 제외하고는 마법진을 활성화시키는데 필요한 마나의 공급처가 없다는 뜻이다. 그렇다면 마나의 공급처 또한 저쪽 세상에서만 가능하게 된다.

세상 곳곳에 이동 마법진을 설치하는 순간 물류 혁명이

일어날 테고 오직 타나리스 만이 운용이 가능하기에 독점적인 지위를 갖게 된다. 계획을 듣고 난 김 부장이 움직임을 멈춘 채 생각에 잠겼다. 아마도 이동 마법진을 운용함에 따른 이익을 계산하고 있을 것이다.

"엄청납니다. 세상 곳곳에 설치할 필요도 없습니다. 몇몇 필요한 곳에만 설치해도 가늠조차 할 수 없는 이익을 볼 것 같습니다."

당연한 판단이다. 이동 마법진을 이용한다면 운송비용은 물론이고 시간을 절약할 수 있다.

게다가 엄청난 비용이 요구되어 운송이 불가능했던 신선한 농산물까지 수출입이 가능하다. 어떻게 이용하느냐에 따라 큰 수익을 얻을 수 있다는 뜻이다.

"우선은 이곳부터 시작해 차근차근 만들어 가겠습니다. 그러면서 운용인원을 대폭 확보해야겠지요."

사실 나 역시 기대된다. 마나를 다루는 자라면 누구나 운용이 가능하기에 테론의 비법을 활용한다면 마법진을 운용할 인력마저 무난히 해결될 터였다. 그렇게 김 부장에게 이동 마법진의 사용법을 익히게 한 다음 저쪽 세상으로 넘어갈 기술자들을 모이게 했다. 기술자들이 도착하자 그들을 이끌 이진성 대표를 사무실로 불렀다.

"어서 오세요. 오랜만에 뵙습니다."

"예, 대표님. 출장은 잘 다녀오셨습니까?"

기술자들을 인솔할 이진성을 사무실로 불렀다.

"대략 설명은 들으셨지요?"

"예, 아주 낙후된 곳이라 들었습니다. 기술자들에게도 그렇게 전했으니 다들 불편함을 감수하는 조건으로 모집에 응했습니다."

일차로 넘어가는 기술자들은 모두 이진성 대표와 같이 일을 해왔던 자들이었고, 2차, 3차로 넘어가는 자들 역시도 면식이 있는 자들이었다. 불협화음이 생기지 않을 거라는 확답에 내심 안도했다. 사실 이 나라의 건설 역사를 훑어보면서 꽤 놀랐다. 선배들은 외화를 벌어들이기 위해 멀리 중동이라는 더운 지역에 나가 근성과 성실함으로 온갖 어려움을 극복한 역전의 용사들이었다.

이 나라가 동족상잔의 비극을 딛고 이만큼 발전한 것도 그들의 숨은 노력이 큰 축을 담당했다는 것은 부정할 수 없는 진리였다. 거기에 더해 이 세상 최고의 일꾼들을 영지개발을 위해 고용했다는 건 큰 행운을 잡은 것과 다르지 않다. 게다가 불과 대장장이의 신 헤파이스토스의 후예라는 장인 종족과의 기술 대결은 큰 흥미를 자아낼 것이다. 물론 시작은 이 세상의 기술이 우위에 선 게 맞다. 그러나 그 끝은 알 수 없을 터였다.

이 대표와 담소를 나눈 후에 마법진이 있는 별채로 이동하자 이미 김 부장이 준비를 해둔 상태였기에 이 대표와 일부의 기술자들을 데리고 곧바로 동굴로 이동했다.

순식간에 환경이 변하자 다들 당황했지만, 별도의 설명을 들어서인지 동요지는 않았다.

그렇게 백 명에 달하는 기술자들을 차원이동 시켰다.

* * *

타나리스 영지.

이제까지 본적이 없는 검은 머리를 가진 일단의 무리가 출현한다면 영지민의 동요가 일어날 게 틀림없다.

허나 이미 마몬의 시기를 겪으며 이들이 큰 도움을 주었다는 사실을 알기에 경계심을 가지지 않았다.

더구나 이번에 데려온 자들은 자신들의 터전을 만들어주기 위함이라는 소문에 오히려 반기는 분위기였다.

"다녀오셨습니까?"

대규모 건설 기술자들이 도착했다는 소식에 영지에 남아 있던 헤론이 건설부장인 티에리를 대동해 달려왔다.

"숙소는 준비했지?"

"예. 최대한 깔끔한 주택으로 준비해두었습니다."

"수고했다. 우선 이들을 머물 숙소로 안내해주고 집무실로 오도록 해."

"예, 주군."

그리고 이진성에게 기술자들을 열 개의 팀으로 나눈 다음 조장을 선임해 데려오도록 했다. 공사를 원활하게 진행하기 위해선 의사소통이 가능해야 한다. 그래서 조장 급을 선별해 이곳의 언어를 습득시킬 생각이다.

지시를 내린 후, 곧바로 부모님을 찾았다.

아버지께서 건강을 되찾고 가주를 승계하신 후라 두 분

은 한가로운 일상을 보내신다.

아침에 일어나 식사를 한 후에 간편한 복장으로 영지 구석구석을 둘러보신다. 물론 마차가 아닌 자동차, 저쪽 세상에서 가져온 산악용 지프를 이용하고 계신다.

마차를 이용할 때 느꼈던 불편함이 사라졌고, 험난한 길마저 별 어려움 없이 이동이 가능하자 지프의 매력에 푹 빠지셨다. 게다가 저녁엔 저쪽 세상의 문물을 배우기에 여념이 없으시다. 대량으로 가져온 서적을 읽는 것은 물론이고 방까지 개조해 영화관으로 꾸미셨다. 덕분에 한국어는 물론이고 영어까지 각인해드려야 하는 수고를 하게 됐다. 아버지께서는 무협지를 즐겨 읽으셨고, 어머니는 로맨스 소설을 좋아하신다.

영화를 보는 취향도 확연히 갈라졌는데, 아버지께서는 주로 할리우드에서 제작한 공상과학 영화를 즐겨보시고 어머니께서는 한국영화를 좋아하셨다. 특히나 한국드라마는 두 분 모두 욕설을 내뱉으면서도 끝이 궁금하다며 무척 즐기신다. 인사를 드리고자 찾아뵀더니 아버지께서 어머니의 어깨를 감싸 안으신 채로 영화를 보고 계셨다.

"말씀드릴까요?"

에반스가 미소를 지었다. 미소는 방해하지 말라는 의미다.

"아닙니다."

나 역시 두 분의 오붓한 시간을 방해하고 싶지 않았기에 조용히 집무실로 걸음을 옮겼다.

집무실에 도착하자 잡생각이 떠오른다.

콜럼버스보다
대단한 발견을 한 기술자들

 이전 생엔 부모님의 얼굴도 기억하지 못한 채 부랑자로
살아가다 스승님의 눈에 띠어 마법사의 길을 걷게 됐다.
어릴 때 겪었던 참혹한 삶 때문이었는지, 아니면 부모님의
사랑을 받지 못한 애정결핍이 문제였는지 가정을 이룰 생
각조차 하지 않았다. 그런데 두 분의 모습을 보니 이번 생
엔 가정을 이루어보고 싶다는 욕망이 꿈틀거렸다.

 갑자기 황도로 떠난 아넬리아가 떠오르는 건 무슨 연유
일까?

 '에이! 아니지.'

 아쉽긴 하지만 쉽게 결정할 일은 아니다.

새롭게 얻은 삶인 만큼 계약에 따른 평생의 반려자를 만나고 싶진 않았다. 이왕이면 운명적인 사랑을 하고 싶다. 게다가 자손은 많을수록 좋으니 이쪽 세상에 한 명, 저쪽 세상에 한 명씩 배우자를 두는 것도 좋으리라.

'크크크크'

양쪽 세상에 배우자를 둔 유일한 마법사라고 생각하자 절로 웃음이 나온다.

"주군? 헤론입니다."

실없이 웃고 있을 때 헤론이 도착했다.

"들어와."

헤론의 뒤를 이어 이 대표가 조장들을 데리고 들어왔다. 그런데 여전히 다들 어리둥절한 표정이다.

"다들 이쪽으로 앉으세요."

자리를 권하고는 이 대표를 보자 살짝 당황했다.

"사무실처럼 편하게 생각하시고 원하는 게 있으면 말씀하세요."

이진성 대표는 여전히 헷갈렸다.

일전에 김 부장은 해외 공사를 수주했다며 도시 기반 시설과 수력발전소를 건설해야 한다고 설명했었다.

대규모 공사일 뿐만 아니라 고도의 기술이 요구되는 만큼 직접 기술자들을 이끌어 주면 어떻겠냐는 의견을 물어왔다. 타나리스 유통은 어려운 사정을 벗어날 수 있게 했고, 계속해 대표직을 유지할 수 있도록 해주었다.

그에 대한 보답은 회사를 위해 최선을 다하는 것이 유일한 방법이기에 흔쾌히 응했다.

그래서 나름대로 오랫동안 함께 손발을 맞춰왔던 자들로 기술진을 구성하면서 그들에게도 똑같이 설명했다.

"임금도 나쁘지 않고 그동안 사장님께서 베풀어준 것도 있으니 고생 좀 하고 오지요."

모두가 흔쾌히 동행하기로 의견을 모으며 기간이 만료된 여권까지 새로이 발급받았다. 그리고 출발일이 되자 모두 회사로 모였다. 보통 공항에 모여서 출발하지만 회사에서 마련한 교통편을 이용하기도 하니 그런 줄 알았다. 그런데 괴상한 이동수단을 통해 동굴로 이동했다.

사실 말이 괴상한 이동수단이지 너무나 놀라 정신을 차릴 수 없었다. 질문조차 건넬 엄두가 나지 않는 것은 어쩌면 당연했다.

더구나 섬뜩한 검은 덩어리를 만지자 마치 우주를 여행하는 느낌을 받으며 이상한 지하공동에 도착했다. 그리고 소총으로 무장한 일단의 무리가 일행을 둘러쌌다.

내심 두려웠다. 오래전 중동에 공사를 나갔을 때 반군세력에게 납치되어 고생한 경험이 떠올랐기 때문이다.

하지만 그들이 대표님을 향해 예를 갖추는 것을 보고는 안심이 됐고, 잠시 후 아는 얼굴, 타나리스 유통에 근무하는 헤론 실장이 도착하면서 근심도 사라졌다.

믿기 힘든 경험을 했지만 일이 잘못된 것은 아니라는 확신이 든 것이다. 지하공동에서 나오자 김 부장의 설명대로 확실히 낙후된 곳이었다.

물론 저 멀리 보이는 웅장한 성도 존재하지만 이곳이 낙후된 곳이라는 건 도로를 보면 알 수 있다.

다른 말이 필요 없을 정도로 엉망이었다. 게다가 주변의 주택은 대다수가 낡아 재건축을 해야 할 정도다.

더구나 거리를 돌아다니는 자들은 모두 백인이다.

"환경은 중세 유럽을 생각하시면 될 겁니다."

김 부장의 말대로 이곳은 중세 유럽 수준의 환경을 가진 곳이었다. 기술자들의 숙소가 배정되고 대표님의 지시대로 팀을 나누고는 각 팀을 이끌 조장을 선임했다.

그러자 대표님이 호출했다면 건설 책임자인 빌테인이라는 자가 나와 조장들을 데리고 아까 봤었던 웅장한 성으로 이동했다. 그리고 헤론 실장을 만나 대표님이 기다리는 곳에 도착했다.

"다들 이쪽으로 앉으세요."

넓은 사무실에 들어서자 대표님께서 맞이했다.

"사무실처럼 편하게 생각하시고 궁금한 게 있으면 말씀하세요."

당장에 궁금한 건 대표님의 정체였다. 헤론 실장과 티에리라는 건설 책임자, 게다가 지하공동에서 봤던 무장 세력의 언행으로 봐서는 이곳에서 상당한 직위를 가진 것으로 생각됐다. 마침 편하게 질문하라고 말씀하셨다.

"저… 죄송하지만 대표님의 정체가 궁금합니다."

"제 정체요?"

"예. 공사를 진행하려면 대표님께서 어느 정도의 영향력을 가졌는지 알아두는 것도 나쁘지 않습니다."

"아……!"

이 대표의 질문은 공사건 외에 김 부장으로부터 별다른 이야기를 듣지 못했다는 뜻이었다. 헤론이 나섰다.

"저쪽 세상에선 타나리스 유통의 대표라는 직위를 가지셨지만, 이 세상에선 엘리안 제국의 공작전하이시자 타나리스 영지를 다스리는 영주님이십니다."

헤론이 소개와 함께 이 세상의 지배 구조에 관해 간략히 설명했다. 설명을 듣는 이 대표의 표정이 놀람을 넘어 경악했다. 전혀 다른 세상에 왔다는 것과 알고 지내던 대표가 한 지역을 다스리는 영주라는 사실이 도무지 믿기지 않는다는 표정이다. 허나 저쪽 세상의 중세기 유럽을 예로 들었기에 놀람과는 다르게 내심은 이해했다.

"제가 이곳의 영주라고 해서 달라진 것은 없습니다. 여러분들은 계약대로 도시기반시설 공사와 발전소 건설에 힘써 주시면 됩니다."

물론 약속했던 대우는 매월 가족들에게 지급된다는 것을 명확히 했다. 이후로 궁금한 것에 관해 여러 질문이 나왔다. 공사건과 관련되지 않은 질문도 많았지만, 제지하지 않고 성의껏 답해주자 이 대표를 비롯한 조장들이 어느 듯 여유를 찾은 모습이다.

급기야는 새로운 세상에 왔다는 것을 받아들이며 이곳에 자신들의 발자취를 남길 수 있다는 사실에 더욱 고무된 표정이었다. 저쪽 세상의 역사서에 나오는 콜럼버스가 신대륙을 발견한 사건보다 더욱 대단한 발견을 했다고 주장하면서. 이야기가 마무리되자 헤론이 마법 각인에 관해 설명했다. 공사의 원활한 진행을 위해서는 이곳의 언어를 알아야 하니 이 대표와 조장들에게 언어를 새겨주겠다는 뜻이었다. 그리고 다시금 공사 책임자인 빌테인을 소개하며 필요한 것은 언제든지 요청하게 했다.

"공사계획을 세우는 동안 네가 건설부장과 함께 이 대표를 도우도록 해."

"예, 주군."

"기술자들의 안전에 특히 유의하고."

끝으로 기술자들의 안전까지 챙기는 것을 보여준 후, 회의를 마무리하자 마치 기다렸다는 듯 다크 스피어스 남작이 찾아왔다.

안 그래도 불러들일 예정이었는데 수고를 들게 됐다.

"이리 앉으세요."

"감사합니다."

헤론과 함께 이 대표와 조장들이 나가자 곧바로 자리를 권했다.

"영지에 제가 필요한지 모르겠습니다."

앉자마자 불만을 표출했다. 그럴 만도 했다. 놀고먹는 것도 하루 이틀이지 매일 빈둥거리는 건 쉬운 일이 아니다. 더구나 스피어스는 내가 직접 작위를 내렸기에 영지의 어떤 부서에서도 일거리를 주지 않았다.

별도의 명이 있기 전까지 지켜본다는 뜻이다. 게다가 정령사와 함께한 적이 없어 활용법 자체도 몰랐다.

"서운한 일이 있었습니까?"

"영지에서 몬스터 소탕 작업을 벌이지 않습니까?"

마몬의 시기가 끝난 것을 기회로 주변의 산맥에 살아가는 몬스터를 일소하는 작업을 말하는 것이다.

"그렇습니다만."

"그겁니다. 제가 고위 정령사는 아니지만 그래도 웬만한 기사 몫은 충분히 해낼 자신이 잇습니다. 한데도 저를 배척하는 연유가 무엇입니까?"

예상대로였다.

"경의 전투력을 의심해 그러는 건 아닙니다. 경은 몬스터 소탕보다 더욱 중요한 일을 맡아야 하기 때문입니다."

중요한 일을 맡기겠다는 답에 살짝 표정이 풀어진다.

기회다 싶어 궁금한 것을 물었다.

마법사나 기사는 몸속에 간직한 마나를 비울수록 더 많은 마나를 쌓게 된다. 거기에 매번 마나를 사용하니 활용도 즉, 마나를 세세하게 다루는 능력 또한 향상 된다.

"정령사는 어떠합니까?"

"마찬가집니다. 제가 몬스터 소탕에 참여하려는 목적도 솔직히 같은 이유입니다."

역시나 예상한 답변이다.

"허면 이정도 크기의 물병에 정령수를 만든다면 하루에 얼마나 만들 수 있습니까?"

"흠… 해보지 않아 정확하지는 않지만, 대략 80병 정도는 가능할 것 같습니다."

건네준 저쪽 세상의 생수병은 500ml다. 이곳의 귀족들이 목욕물로 사용하는 정령수의 희석 비율이 대략 20대1, 음료로 사용할 땐 50대1의 비율로 즐긴다.

물론 과학적인 수치는 없으나 오랜 세월 축적된 경험으로 몸에 가장 좋은 황금비율로 알려졌다. 그렇다면 스피어스가 만들어내는 정령수를 이용해 저쪽 세상에 판매할 생수, 신비수로 환산한다면 대략 4천병이 된다. 한 달이면 1만2천병, 고가 정책을 펴나가기로 했으니 병당 최소 1만원으로 잡는다면 12억의 매출이 일어난다.

'오오! 대박!'

속으로 환호를 질렀다. 게다가 스피어스는 하급 정령사다. 열심히 정령수를 만들다보면 정령력이 늘어날 터, 더 많은 물량도 생산이 가능하다.

그리고 중급, 상급 정령사로 올라선다면…….

'흐흐흐! 초대박이야!'

표정을 더욱 진중히 했다.

"영지를 위해 경에게 특별 임무를 드리겠습니다. 성심껏 임해주시기를 부탁드립니다."

자리에서 일어나 살짝 고개를 숙이며 예를 갖추었더니 스피어스가 황급히 일어나 만류한다. 좁은 시각에서 보면 이곳의 영주, 넓게 보면 엘리안 제국의 공작이 한낱 남작에게 고개를 숙인 것이다. 결코 일어나지도 않았고, 들어

보지도 못했다. 더욱이 스피어스는 이미 가신이 되면서 싫든 좋든 군신관계를 맺었다. 그 말은 스피어스의 목숨 줄을 쥐고 있는 자가 눈앞의 영주라는 뜻이다.

그저 명만 내려도 따를 수밖에 없음에도 이런 방식으로 부탁한다면 영주가 어떤 명을 내리더라도 최선을 다해야만 한다.

"성심을 다하겠습니다."

"고맙습니다."

결국 스피어스가 답했고, 나는 활짝 웃으며 감사를 표했다. 훗날, 스피어스는 오늘의 일을 두고두고 후회했다.

그러면서 자신의 노고를 줄여줄 동지, 또 다른 희생자를 끌어들일 수밖에 없었다. 덕분에 그토록 희귀한 정령사 수십 명이 타나리스에 적을 두게 되는 기현상이 벌어졌다. 물론 자동차를 비롯해 저쪽 세상의 앞선 기술 제품을 사용하는 혜택도 주어졌지만, 정령사들이 모인 가장 큰 이유는 따로 있다. 무엇보다도 납품기일을 맞추기 위해 열심히 정령수를 만들다보니 예상보다 훨씬 이른 시기에 중급 정령사에 오른 스피어스 때문이다.

결론인즉 타나리스 영지는 쉼 없이 돌아가는 거대한 정령수 공장을 가동할 수 있게 됐고, 스피어스는 자작으로 승진하면서 수십 명의 정령사를 거느린 공장장이 되었다.

* * *

강북에 자리한 술집.

강철파에 조직이 와해될 정도로 큰 피해를 입은 백상어파가 처한 문제는 보스 이기백이 수하들을 버리고 도망쳤다는 것이었다. 덕분에 백상어파가 운영하는 영업장을 손쉽게 차지한 강철파다.

그리고 백상어파를 떠받히는 행동대장들로부터 은밀하게 강철파 보스를 만나고 싶다는 연락이 왔다. 보스 테론이 부재중이었기에 대근이 준섭과 철진을 데리고 그들이 정한 약속 장소로 나갔다. 주변의 시선을 피해 강북에 있는 약속 장소에 도착하자 홍철이 웃으며 맞이했다.

"와! 배포가 좋은 거야? 아니면 겁 대가리를 상실한 거야?"

그럴 만도 한 게 약속 장소엔 백상어파를 떠받히는 네 명의 행동대장과 수십 명의 수하들이 기다리고 있었다.

"비록 너와 내가 적대적인 관계라도 치졸한 방법을 사용한 적은 없잖아."

대근이 웃으며 답했다.

"그건 예전 일이고. 지금은 조직의 사활이 걸렸는데?"

홍철이 웃었다.

만난 적이 있습니까?

"뭐, 그 말이 진정이라면 오늘은 피를 봐야겠지."

"겨우 셋이서?"

"충분하다고 느낄 텐데."

"하하! 그놈의 허세는."

"자신감이지. 어때? 시작할까? 아니면 들어갈까?"

"쩝!"

홍철이 어깨를 으쓱하며 안으로 안내했다. 넓지 않은 장소였기에 대근과 홍철이 자리하고 철진과 준섭은 대근의 뒤로 백상어파 행동대장 넷은 홍철의 뒤쪽에 섰다.

나머지 백상어파 조직원들은 주변을 경계하며 대근을 향

해 미묘한 시선을 보냈다.

"은밀하게 소식을 보낸 것을 보니 싸우자고 부른 건 아닐 테고. 용건이 뭐야?"

"정보를 주려고?"

"정보?"

"그래."

홍철이 백상어파가 서울의 주먹들을 모두 끌어들여 강철파를 치려한다는 사실을 이야기했다. 홍철의 이야기를 듣고 난 대근이 고개를 갸웃거렸다. 강남이 노른자기는 하지만 여타조직과 구역을 나누기에는 좁았다. 그리고 여타 조직이 그것을 모르지도 않는다.

대근이 의아해 하자 홍철이 이야기를 계속했다.

"고위층이 연결되어 있거든."

"무슨 뜻이야?"

"너 러시아에서 금괴 처분했지?"

대근이 깜짝 놀라며 되물었다.

"어떻게 알았어?"

대근의 의문에도 아랑곳없이 홍철이 재차 질문했다.

"그 금괴 훔치지 않았어?"

"금괴를 훔치다니?"

대근의 표정을 본 홍철이 오히려 의문을 표했다.

금괴를 판매한 사실은 인정하지만 금괴의 출처는 알지 못하는 것 같았다.

"햐! 너 진짜 금괴가 어디서 났는지 모르는 구나."

"그야 보스, 아니 큰형님께서 지시한 일이니 금괴의 출처는 모르지. 근데 금괴가 무슨 상관이야?"

"그 금괴 윗대가리가 가지고 있던 거거든."

"아……."

그제야 이해가 됐다.

"너네가 우리를 습격한 것도 금괴 때문이었어?"

"그래. 내가 듣기로 그거 정치자금이야. 그래서 윗대가리가 너를 잡아오라는 명을 내렸어."

"젠장!"

대근이 욕설을 내뱉었다. 허나 이미 지나간 일. 이제와 되돌릴 수는 없다. 이쪽 세계에 살아가는 자들은 공통적으로 권력자와 연을 가지기를 원한다. 홍철이 건네준 정보대로 서울의 조직들이 연합할 이유로도 충분했다.

그뿐만이 아니었다.

"경찰과 검찰에서도 강철파를 목표로 삼았다고 들었다. 이번엔 특히 조심해야 할 거야."

게다가 조직들이 가장 두려워하는 두 세력이 가담했다는 말에 온몸의 힘이 빠질 정도였다. 강철파가 생긴 이래 가장 큰 위기가 닥쳤다.

"고맙다. 근데 정보를 주는 이유가 뭐냐?"

그랬다. 홍철을 비롯해 이곳에 있는 이들은 백상어파의 근간을 이루는 자들이다.

"보스가 우리를 버렸거든."

"뭐?"

"황당하게 들리겠지만 사실이야."

대근이 수하들을 이끌고 백상어파를 쳤을 때 이기백이 쓰러진 조직원들을 버리고 도망친 사실을 말하는 것이었다. 더구나 숫자가 불리함에도 강철파는 백상어파가 준비를 갖추도록 넉넉한 시간까지 주면서 정당한 승부를 고집했다. 너무나 대조적인 모습을 보여준 것이다. 게다가 이기백이 달아나자 이미 승부가 기울었다고 판단해 더 이상 백상어파를 공격하지 않았다. 더구나 다친 조직원들이 빠르게 치료받을 수 있도록 조치까지 취해주었다.

물론 그만큼 자신이 있었기에 그러했지만, 그것을 모르는 백상어파 조직원들은 다르게 받아들였다.

"그렇다고 조직을 배신하는 거야?"

"보스가 우리를 버렸으니 배신은 아니지."

혼자 살자고 도망간 놈을 따를 수는 없으니 틀린 말도 아니었다.

"앞으로 어떻게 하려고?"

대근이 궁금한 것은 이거였다.

서울의 주먹들이 연합한 것도 모자라 경찰과 검찰까지 동원됐다. 제아무리 강력한 조직이라도 공권력을 상대로 살아남을 순 없다.

"솔직히 우리는 강철파와 함께하기로 결정했는데 아무래도 어렵겠지."

이곳에 모인 자들은 이미 백상어파가 와해됐다고 생각했다. 그러나 이기백이 서울의 주먹들을 모으고 공권력까지 동원하자 오히려 강철파가 버티지 못할 것으로 판단해서 호의에 대한 보답으로 정보라도 건네주려는 것이다.

"네 뜻은 알겠다. 우선 형님께 보고 드리고 연락할 테니 몸이나 추스르고 있어."

처한 상황이 녹녹치 않았기에 결정을 미룬 대근은 곧바로 테론에게 연락을 취했다.

＊　＊　＊

타나리스 유통.

영지개발을 위한 제반 지시를 내린 후, 곧바로 회사로 출근하자 김 부장이 심각한 표정으로 찾아왔다.

"무슨 일입니까?"

"강철파에 문제가 생겼습니다."

테론과 헤론이 연락이 안 되자 대근은 김 부장에게 연락을 취했다. 강철파가 처한 사정을 듣고 난 김 부장이 곧바로 찾아온 이유다. 테론은 상업부 직원과 함께 마몬의 시기 동안 각 영지에서 확보한 마석을 구매하는 중이었고, 헤론은 건설부장인 티에리와 함께 영지 개발을 위한 공사 업무를 보는 중이었다. 둘 다 한 달 후에나 넘어올 수 있기에 강철파에 관한 문제는 직접 처리해야만 했다. 김 부장과 이야기를 나눈 후, 곧바로 강철파 아지트로 이동했다. 입구에 들어서자 기사 서임을 받은 자들이 예를 갖추며 맞이했고, 사무실에 앉아 커피를 마시고 있으니 연락을 받은 대근이 황급히 뛰어왔다.

"김 부장에게 이야기는 들었다. 일이 생겼다고?"

"예, 주군."

대근이 그동안 있었던 일을 보고했다. 조직 간의 다툼이라고 생각했는데 원인은 금괴 때문에 벌어진 일이었다.

"러시아에서 판매했는데도 알아?"

"아마도 주시를 하고 있었던 것 같습니다."

하긴. 경찰이나 검찰까지 부릴 정도로 권력을 가진 자라면 정보기관을 동원하는 것도 어렵지 않을 것이다.

헌데 대근이 묻고 싶은 게 있는 표정이다.

"금괴의 출처가 궁금해?"

"…아닙니다."

"아니기는. 맞아."

"예?"

"금괴 그거 권력자라는 그놈 것도 섞였어."

"……."

"근데, 정보를 준 놈이 그놈 수하라고?"

"예, 저와는 친굽니다."

"묻고 싶은 게 있으니 불러봐."

"여기로 말입니까?"

"다른 데로 갈까?"

"아닙니다. 이곳으로 부르겠습니다."

대근이 곧바로 연락한다. 홍철이라는 자를 만나보려는 건 다른 이유가 있다. 얘기를 들어보니 아마도 권력자라는 놈이 원하는 건 장부라는 생각이 들었다. 물론 금괴도 중요할 것이다. 오래지 않아 홍철이라는 자가 도착했다.

"음……."

정체를 숨기려는 듯 모자를 눌러쓰고 마스크까지 했지만, 꼭 어디선가 본 듯한 느낌이 들었다. 그런데 홍철이라는 자도 같은 느낌을 받는 모양이다.

"말씀드린 친굽니다."

대근이 눈짓하자 홍철이라는 자가 모자와 마스크를 벗었다. 역시나 면상을 보자 확연히 떠오른다.

"하하하! 그랬어."

갑자기 웃음을 터뜨리자 대근이 당황했다. 홍철 또한 마찬가지다.

"저와 만난 적이 있습니까?"

"있지. 야밤에 만났었지."

허나 홍철은 여전히 기억을 못했다.

"너 권총 지니고 있지?"

"예?"

"예전에 돈하고 마약 왕창 가져왔는데 기억 안나?"

"…흡!"

순간, 홍철이 놀란 표정을 지으며 헛숨을 들이켰다.

"기억나나 보네."

"……."

"서 있지 말고 거기 앉아봐. 내 궁금한 게 많아."

미묘한 표정을 지은 홍철이 소파에 앉자 작금의 상황이

궁금한 건 대근이었다.

"주군?"

대근에게 예전의 일을 말해주었다.

"와! 그런 일이 있었습니까?"

"그래. 이렇게 만나게 되다니 인연이지?"

"하하! 그렇습니다."

대근이 재미있다는 듯 홍철을 바라봤다.

"이분이 보스야?"

"보스께서 모시는 분이시다."

"그게 무슨 말이야?"

"말하자면 복잡하니 있다가 설명할게."

"그래. 궁금한 건 나중에 풀고 우선 몇 가지만 묻자."

백상어파를 비호하는 자가 누군지 물었지만, 홍철은 정확히 알지 못했다. 다만 국회의원이라고만 알고 있었다. 궁금한 것을 풀고자 홍철을 불렀지만, 생각보다 알고 있는 게 없었다. 결국, 백상어파 보스라는 자를 잡아와야 한다는 결론만 얻었다.

"죄송합니다."

다소 실망한 기색을 보이자 홍철이 어찌할 바를 몰랐다.

"죄송할 건 없으니 신경 안 써도 돼."

정치를 하려면 가려운 곳을 긁어줄 도구가 필요하다. 물론 어두운 세계에서 살아가는 조직이 도구로 사용하기에는 가장 적당하지만 단번에 정치생명에 타격을 줄 정도로 치명적이기도 하다. 그래서 드러나지 않게 대리인을 내세워 움직이거나 그도 아니면 직접 관리한다.

아마도 홍철이 말하는 자도 그러했을 터. 행동대장의 위치에 있는 자가 알 수 있는 내용은 아니었다.

"그건 그렇고 연합한 조직이 언제 올까?"

"아직은 별다른 지시가 없습니다. 다만 경찰이나 검찰과도 협의를 끝내야 하니 아마도 이번 달 안에는 움직이지 않을까 합니다."

홍철의 말로는 이번 싸움에 동원되는 숫자가 못해도 오백 명은 될 것으로 예상했다. 뭐, 숫자야 걱정할 일은 아니지만 공권력을 등에 업고 움직인다면 여러 가지로 불편한 것도 사실이다. 대근도 그 점을 염려하고 있기에 황급히 연락을 취한 것이다.

"네 생각은 어때?"

"공권력과는 부딪치는 것은 여러모로 좋지 않을 것 같습니다."

당분간 잠수하자는 이야기였다. 그러나 사건의 본질이 다르다. 이쪽이 잠수한다고 해서 그대로 묻힐 사건이 아니었다. 차라리 정면 승부를 보는 게 옳다.

"뒷일은 걱정 말고 조직이든 공권력이든 싸그리 잡아놔."

"예에?"

이외로 강경하게 나가자 대근이 놀란다.

"문제가 커지지 않겠습니까?"

"그렇겠지. 대신에 이번 기회를 잘만 이용하면 조직의

외연을 넓히지 않겠어?"

서울의 조직을 일통함은 물론이고 경찰과 검찰 조직에도 협력세력을 구축할 수 있다는 뜻이었다. 게다가 공권력을 움직이는 자까지 잡게 된다면 정치 세력마저 손에 넣을 수 있다. 계획이 너무 거창했는지 대근이 놀란 표정을 풀지 못했고, 듣고 있던 홍철은 아예 경악한 표정이다. 잠시 후, 정신을 차린 대근이 어려움을 토로했다.

"저희만으로는 힘에 부치지 않겠습니까?"

대근이 말한 자들은 초인의 반열에 들어선 자들이다. 물론 그들만으로도 연합한 조직과 싸우는 것은 어렵지 않다고 생각했다. 다만 경찰이 문제였다.

제아무리 마나를 다루는 초인의 반열에 들어선 자들이라도 경찰이 총기를 사용한다면 위험했다.

"아론 단장과 말리 부단장을 지원하면 되겠지?"

"예에?"

"부족해?"

"아닙니다. 너무 과한 전력이라 놀랐습니다."

대근의 말대로 영지에서 가장 강력한 전력이었다. 그렇게 결정을 내린 이유는 최소한 익스퍼트 상급 이상은 되어야만 총기의 위험에서 벗어날 수 있기 때문이다. 물론 영지군이 보유한 소총으로 이미 실험을 해본 결과다. 상급의 경지에 들면 능히 날아오는 총알을 피할 수 있고, 최상급의 경지에 이른 아론은 검으로 총알을 튕겨냈다.

즉, 아론과 말리가 지형지물을 이용해 전투를 벌인다면

제아무리 소총으로 무장한 대규모 경찰을 동원해도 상대가 되지 않는다는 뜻이다. 필요한 전력을 동원해 강경하게 대응하기로 결정하자 홍철의 쓰임새가 문제였다.

복잡한 눈빛으로 홍철을 바라보자 대근이 그간에 있었던 일을 설명했다. 그래서 다시 한번 질문을 건넸다.

"강철파에 들기로 한 게 진심이야?"

"그렇습니다."

진실의 서약을 걸어 질문했지만, 망설이지 않고 답했다. 진실이었다. 허나 인간의 마음이야 상황에 따라 바뀔 수 있는 법, 불확실한 미래를 방지하고자 곧바로 종속의 인을 새겼다. 물론 강철파에 들기로 한 자들에게도 종속의 인을 걸 것이다.

"좋아. 너는 일이 끝날 때까지 놈들과 함께 움직이며 수시로 그쪽 상황을 알려."

"알겠습니다."

홍철에게 별도의 지시를 내리는 것으로 당면한 상황을 마무리 했다. 이제 저쪽 세상으로 건너가 앞으로 한 식구가 될 자들을 갱생시키기 위한 별도의 교육장을 마련해야 한다. 당연하게도 교육을 맡아줄 무시무시한 수하가 있긴 하다.

영주,

재벌이 되다

캉그르나 찾아가 볼까!

타나리스 유통.

강철파가 당면한 문제를 해결하고자 여러 지시를 내린 후, 회사에 도착하자 김 부장이 기다리고 있었다. 이곳에 깃대를 꽂은 후, 처음으로 선보일 신제품 자양강장제에 관한 임상 실험의 중간평가 보고서가 도착했기 때문이다.

마석의 함유량에 따라 A형, B형, C형 세 가지 타입을 가지고 두 달 동안 실험을 진행한 결과는 놀라웠다.

마석이 1퍼센트 함유된 A형은 효과가 미미했지만, 2퍼센트 함유된 B형부터는 피로 회복은 물론이고 조금씩 몸 속의 노폐물이 배출되면서 피부가 깨끗해졌다.

당연히 윤기가 흘렀다. 마석의 함유량이 3퍼센트인 C형은 더욱 놀라운 결과를 나타냈다. B형보다 피로 회복에 더욱 효과가 있음은 물론이고, 피부가 윤택해지는 효과가 나타나는 시간이 훨씬 짧아졌다. 그러나 강장제를 복용하는 초기에 약간의 복통을 느낀다는 단점이 존재해 제품에서 제외할 수밖에 없었다. 결론은 B형이 제품으로 판매하기에 가장 합당하다는 보고서였다. 중간평가 보고서를 읽고 난 후, 김 부장의 의견을 물었다.

"결과가 괜찮은 겁니까?"

"그렇습니다. 중간 결과기는 하지만 실험군으로 참여한 소비자들이 대단히 만족스러워 합니다."

"마석의 성분 분석 의뢰는 어떻습니까?"

"그게 이상합니다."

혹여나 제품으로 판매하지 못하는 게 아닌지 걱정됐지만, 그런 내용은 아니었다.

"그저 오염되지 않은 순수한 산소 덩어리라는 답을 받았습니다."

"산소 덩어리라고요?"

산소가 아닌 마나 덩어리임에도 요상한 분석 결과를 내놓았다. 산소가 덩어리가 될 수 있는지도 의심스럽다. 아마도 지금의 과학기술로는 마나를 분석하지 못하는 것 같았다. 뭐, 결론은 판매하는데 아무런 문제가 없다니 그것으로 만족했다.

"생산엔 차질이 없겠지요?"

"안 그래도 생산 관계로 드릴 말씀이 있습니다."

"명성과 협의가 안 됩니까?"

원래 김 부장은 OEM방식으로 명성제약과 생산에 관한 협의를 해왔었다.

"아닙니다. 다만 당초에 협의한 것보다 높은 생산단가를 요구합니다."

"이미 생산단가에 관해서는 협의를 끝내지 않았습니까?"

임상실험 결과 명성에서도 마석을 함유한 제품이 선풍적인 인기를 끌 것으로 판단한 모양이다. 아마도 가격대에 비해 생산단가가 저렴한 것을 알기에 더 많은 이익을 취하려고 시도하는 것 같았다. 결국, 명성의 요구를 들어주거나 그도 아니면 수십억의 장비를 들여 직접 생산 설비를 갖추는 방법밖에 없었다.

"다른 회사도 똑같은 요구를 해오지 않겠습니까?"

좁은 시장을 두고 몇 되지 않은 제약회사가 첨예하게 경쟁하지만 필요에 따라 정보를 주고받기도 한다. 아마도 명성과 틀어진다면 이미 정보를 얻은 다른 회사도 똑같은 요구를 해올 것이다. 그래서인지 김 부장은 다소 시간이 걸리더라도 직접 생산하기를 원했다. 비록 생산단가에 비해 훨씬 비싼 가격을 받더라도 과도한 비용을 지불하고 싶지 않았다. 내 돈 나가는 것을 좋아할 놈은 아무도 없다.

"그래서 새로운 기안을 만들었습니다. 검토해 보시지요."

명성과의 일이 틀어지자 새로운 기안서를 준비한 김 부장이다. 기안서를 검토하는 내내 새삼 능력 있는 직원이 왜 필요한지 다시금 깨닫게 됐다.

"짧은 시간에 이런 정보를 모으다니 역시나 김 부장이십니다."

"아닙니다. 실은 제 동창이 운영하는 회삽니다."

명성제약에서 새로운 요구를 해오자 거래처를 바꾸기로 생각한 김 부장은 한울제약을 찾았다. 고교동창이 운영하는 회사로 대기업의 하청 회사였다. 하청이 다 그렇듯 한울제약 역시 빠듯한 생산단가에 자금사정이 여유롭지 못했다. 더구나 일거리를 핑계로 원청에서 새로운 장비를 소개했다. 말이 소개지 구매를 강제하는 것과 다르지 않았다. 결국 자금사정이 여의치 않음에도 새로운 장비를 들일 수밖에 없었고, 그로인해 어려움이 더욱 가중됐다. 그때 김 부장이 방문했다. 동창인 병호로부터 하소연을 듣고 난 후, 한울제약을 인수하기로 의견을 주고받은 것이다. 다행히 마몬의 시기가 시작되기 전에 대량의 금괴를 처분해 여유 자금을 충분히 쌓아두고 있었다. 소규모 제약회사를 인수하는 건 어렵지 않다는 뜻이다. 게다가 의료분야까지 진출할 계획을 가졌기에 이참에 한울제약을 인수해 기초를 닦는 것도 나쁘지 않겠다는 생각이 들었다.

"성공이 보장되는 제품이라면 직접 생산하는 게 맞는 것 같습니다. 기안서대로 인수하세요."

"예, 대표님."

한울제약은 김 부장 친구로 하여금 계속해 대표직을 유지하도록 했다. 새로운 사업을 벌이는 것이 아니기에 기존에 해오던 대로 제품만 생산하면 된다. 굳이 새로운 인력을 들일필요가 없었다.

"서둘지 말고 차분하게 준비하세요."

"물론입니다."

첫 제품의 판매가 원활해야 이어서 내놓을 신비수가 쉽게 자리를 잡을 터기에 한번 더 주의를 당부했다. 신제품에 관한 의견을 주고받은 후, 이동할 준비를 하자 김 부장이 묻는다.

"이번에도 오래 걸립니까?"

"한 2주 정도는 걸리지 싶습니다."

이번에 만나려는 자는 캉그르라는 오크로 예전에 산적질을 하려던 자다. 수하들과 함께 죽이려고 했지만, 서리 부족의 후계자라는 사실에 훗날 써먹을 데가 있을 것 같아 살려주었다. 물론 언제든지 노예로 부릴 수 있도록 종속의 인으로 묶어둔 자다. 제법 오랜 시간이 지났으니 그때의 일을 잊고 살아갈 테지만, 몸이 반응한다면 곧바로 기억을 떠올릴 것이다.

"알겠습니다. 2주 후에 오시면 시제품을 보실 수 있을 겁니다."

"기대하겠습니다. 허면 다녀오겠습니다."

김 부장이 나가자 곧바로 차원홀이 있는 동굴로 이동했다.

타나리스 영지.

영지에 도착하자 거대한 장비가 움직이며 공사를 진행하고 있었다. 커다란 집게로 내려치자 우지직 소리를 내며 목재로 지은 주택이 힘없이 쓰러지고, 뒤를 이어 또 다른 중장비가 부서진 주택의 잔해를 한쪽으로 밀어버린다. 적어도 수십 명의 인력을 동원해 반나절은 해야 할 작업을 순식간에 해치워 버렸다.

과학기술의 산물이 만들어낸 기계의 힘이다.

"어이! 김 반장. 이번엔 반대쪽을 밀어버려."

한쪽에서는 하얀색의 안전모에 검은 선글라스를 착용한 이 대표가 도면을 펼친 채 큰 소리로 지시를 내린다.

"와! 중장비를 동원하니 역시나 공사가 시원시원하게 진행되는군요."

"어? 언제 오셨습니까?"

"막 도착했습니다. 그보다 고생이 많으십니다."

"고생은요. 소싯적 중동에서 진행했던 공사에 비한다면 일축에도 들지 못합니다."

"그래도 너무 무리하지 마세요."

"물론입니다. 수년간 이어질 공사인 만큼 차분히 진행하겠습니다. 야! 박 기사 저쪽이 먼저야."

이야기를 나누면서도 틈틈이 공사 현장을 살피며 잘못된

것을 지적하는 이 대표다. 역시나 지닌 경력만큼 눈매가 날카롭다. 괜히 방해가 될 것 같아 서둘러 집무실로 이동했다. 그런데 도착하기 무섭게 상업부장인 티에리가 찾아왔다. 주기적인 보고를 받을 시기가 아님에도 찾아왔다는 건 급한 일이 생겼다는 뜻이다.

"무슨 일입니까?"

"급히 구해야 할 물품이 있어 뵙기를 청했습니다."

상업부에 들어온 요청은 손목시계였다. 이곳에도 시간의 개념은 존재하지만 저쪽 세상처럼 정확하지는 않다.

그래서 좀 더 시간의 개념을 가지라는 뜻에서 영지의 가신들에게 손목시계를 가져와 나누어 주었다.

이번에 물품을 구매하는 과정에서 손목시계를 눈여겨본 라둔 상단에서 대량으로 주문을 해온 것이다.

"시계는 가격이 비쌉니다."

"안 그래도 가격이 비싸다며 난색을 표했습니다. 그런데도 구매를 요청했습니다."

사실 가신들에게 지급한 손목시계는 개당 10만원에 구매했지만, 엄청나게 비싼 제품이라고 둘러댔다. 물론 그렇게 행동한 이유를 아는 헤론은 입을 닫았지만, 테론은 어이없다는 표정을 지었다.

'야! 10만원이 뉘 집 강아지 이름이야? 너 구걸할 때 10만원 버는데 며칠이 걸렸어? 까발리기 전에 조용히 입 닫아라.'

이렇게 테론을 합죽이로 만들어 버렸다.

그런데 생각지도 못한 주문이 들어왔다.

"그것 참… 허면 얼마를 불렀습니까?"

"영주님께서 엄청나게 비싸다고 하셔서 개당 백 골드를 불렀습니다."

"배, 백 골드요?"

"싸게 부른 겁니까?"

"백 골드에 구매한다고요?"

"예. 개당 백 골드에 2백 개를 주문했습니다. 이미 선금으로 만 골드를 지급하고 갔습니다. 혹시 소신이 가격을 잘못 부른 겁니까?"

잘못 불렀다. 그것도 엄청나게 말이다. 깜짝 놀란 표정으로 일어나 다가서자 티에리가 당황해하며 재빨리 무릎을 꿇고는 머리를 조아렸다.

"송구합니다. 소신이 더욱 열심히 일해 영지에 입힌 손해를 만회하겠습니다."

아마도 상기된 표정을 보며 큰 손해를 입힌 것으로 오해한 것 같았다. 얼른 미소를 띠우며 티에리의 손을 잡아 일으켰다.

"한번만 기회를 주시면……"

"앞으로 손목시계를 영지의 특산품으로 지정하겠습니다. 백 골드에 대량으로 팔아보세요."

"예, 예에?"

백 골드면 도대체 얼마나 이득을 보는 건지 쉽게 계산조차 되지 않는다. 1골드에 100만원이니 백 골드면 1억이다. 손목시계를 하나를 팔면 단순계산으로 자그마치 9990만원의 이익을 얻는다. 티에리가 저지른 일로 크게 깨달았다. 이 세상에도 돈을 가진 수많은 귀족이 존재하고 그들은 특별한 것을 좋아한다. 그렇다면 그들의 허영심을 충족해줄 제품은 뭘까? 맞다. 사치품이다. 이 세상의 기술로는 도저히 흉내조차 낼 수 없는 가공기술을 지닌 저쪽 세상의 제품을 아주 고가의 사치품으로 둔갑시켜 판매한 다면 엄청난 이득을 볼 수 있다.

이번에 넘어가면 시계뿐만 아니라 귀족들의 허영심을 충족시킬 제품을 찾아봐야겠다. 이참에 김 부장에게 이쪽 세상의 언어를 심어주고 제품을 소개한 카탈로그를 만드는 것도 좋은 방안일 것이다. 얼떨결에 칭찬과 지시를 받은 티에리가 나가고 한참동안 큭큭 거리며 웃고 말았다.

그렇게 강철파 일로 복잡해진 머리가 상쾌해진 기분을 느끼며 캉그르를 찾아 아일산맥으로 향했다.

*　　*　　*

아일산맥.

남북으로 뻗어 대륙을 동서로 양분한 거대한 안드리스 산맥의 지류에 대략 2만 미터에 달하는 아일산이 위치한 다. 아일산맥은 아일산을 기점으로 형성된 산맥으로 울창 한 숲은 물론이고 곳곳에 넓은 평원이 존재하는 곳이다.

족히 수십만에 이르는 오크족이 터전을 잡고 살아가고

서리 부족의 터전 또한 이곳에 있다.

정확한 위치를 모르기에 예전에 캉그르가 산적질을 하던 곳 주변부터 탐색하기로 했다. 물론 도중에 오크를 만나면 굴복시킨 다음 길 안내를 받아도 될 터였기에 쉬엄쉬엄 숲 속을 탐색해 나갔다.

"젠장!"

그러나 사흘을 헤맸지만 어떻게 된 일인지 서리 부족은 고사하고 지나가는 오크조차도 만나지 못했다. 나흘째도 마찬가지다. 계속해 숲속을 돌아다녔더니 허기와 함께 피곤함이 찾아와 쉬어갈 목적으로 플라이 마법을 사용해 주변에서 가장 높은 나무 꼭대기에 자리를 잡았다. 육포로 꺼내 씹으며 배를 채운 후에 잠시 눈을 붙이자 챙챙챙! 병장기가 부딪히는 소리가 들려오고 '와아아!' 내지르는 함성이 일어났다. 즉시 소리가 들려오는 곳으로 날아갔다. 오! 드디어 찾았다.

나다 이놈아!

　마치 술래놀이를 하듯 머리털조차 보이지 않던 오크무리
가 떡하니 시야에 들어온 것이다. 헌데 분위기가 심상치
않았다. 두 무리가 뒤엉켜 전투 중이었는데 덕분에 전투종
족인 오크족이 벌이는 전투를 구경하게 되는 진귀한 경험
을 하게 됐다. 한동안 이어지던 치열한 전투는 점차 시간
이 지나면서 승부의 추가 한쪽으로 기운 모습이다.

　"이만 항복하면 목숨만은 살려준다."

　"누가할 소리. 영역을 침범한 대가를 묻겠다."

　"크하하! 주변을 둘러봐라. 이미 승부가 났다."

　크게 웃는 놈 말대로 한 무리의 오크족은 대다수가 바닥을 뒹굴었고, 살아남은 자가 몇 되지 않았다. 그럼에도 전혀 기가 꺾이지 않았다. 저 모습이 전사 종족이라는 오크족의 진정한 모습이었다.

"우리는 용맹한 서리 부족 전사다. 목숨을 버릴지언정 전사의 명예를 더럽히지 않는다."

"좋다. 나는 눈바람 부족 대전사 롱쿠스다. 명예를 지키려는 그대들을 존중한다. 전통에 따라 고통 없이 죽여주겠다."

알고 보니 서리 부족과 눈바람 부족 간에 벌어진 전투였고, 싸움에 패한 쪽은 아쉽게도 서리 부족 전사들이었다. 평소 같으면 조용히 결과를 지켜봤겠지만, 지금은 서리 부족을 방문하기 위해 찾아온 만큼 저들을 살려야만 했다. 살아남은 눈바람 부족의 전사는 롱쿠스라는 대전사를 포함해 여덟, 어둠의 화살로 급습한다면 단번에 여섯을 죽이든지 치명상을 입힐 수 있다. 그렇게 된다면 전투가 가능한 자는 둘, 애초에 목표물에서 제외한 대전사와 전사 이렇게 남는다.

반면에 살아남은 서리 부족 전사 또한 둘, 롱쿠스라는 대전사에 비해 약해보이지만 눈바람 부족 전사 정도는 충분히 잡으리라. 생각대로만 해준다면 대전사는 충분히 제압할 수 있을 터였다. 계획이 서자 곧바로 어둠의 화살을 생성시켰다. 허공에 시커먼 어활이 만들어지자 목표물을 설정한 다음 곧바로 기습을 가했다.

슈우욱!

슈아악!

빠른 속도로 대기를 가르며 날아간 어활이 정확히 목표물을 타격했다.

"크아악!!"

"으악!!"

"웬 놈이냐?"

순식간에 눈바람 부족 전사 여섯이 비명을 내지르며 쓰러지자 대전사 롱쿠스가 강력한 투기를 흘리며 소리쳤다. 오크 전사가 일으키는 투기는 마나의 기운과 동일하다. 게다가 투기를 목소리에 담을 정도면 못해도 익스퍼트 상급에 이른 경지다. 근접전을 허락한다면 순식간에 쉴드를 찢고 타격을 가해올 수 있는 실력자라는 뜻이다.

쉴드를 두른 후, 롱쿠스와 멀찍이 떨어진 허공에서 모습을 드러내며 소리쳤다.

"나다 이놈아!"

* * *

롱쿠스는 여섯의 수하가 쓰러지자 숨어 있던 또 다른 무리가 있는 것으로 판단했다. 그런데 유유히 허공에 멈춰선 채 모습을 드러낸 자는 인간 마법사였다. 그것도 혼자다. 허나 순식간에 눈바람 부족 전사들을 쓰러뜨릴 정도면 고위 마법사라고 봐도 무방하다. 하급 마법사와는 다르게 고위 마법사와의 전투는 언제나 힘들다. 게다가 지금처럼 달

랑 한 명의 수하를 데리고는 승산이 희박하다. 물론 고위 마법사라도 전투 경험이 적다면 희망이 있다. 그러나 눈앞의 마법사는 이미 쉴드를 두르고 멀찍이 떨어진 허공에서 모습을 드러냈다. 근접전을 허용하지 않으려는 행동으로 볼 때 전투 경험이 풍부한 자였다.

"흐음……."

여건이 암울했다. 마법사를 공격하려면 최대한 가까이 다가서야 한다. 그러려면 마법사의 공격을 회피하거나 방어해야 하고. 하지만 상대는 마법사만이 아니다. 여전히 서리 부족 전사 둘이 살아 있다. 저들이 마법사와 협력해 공격한다면 승산은 전무하다.

'먼저 저놈들을 죽인다.'

결정을 내리자 수하에게 눈짓을 보냈다. 살짝 고개를 끄덕이는 수하, 의도를 알아들었다는 뜻이다.

"우아앗!"

강력한 투기를 일으키며 서리 부족 전사를 향해 대검을 내리그었다. 동시에 수하도 움직였다.

챙챙!

캉캉캉캉!

대검이 부딪치며 불꽃이 일어났다.

선빵 필승!

먼저 때리면 이긴다는 뜻으로, 선공이 유리하다는 의미다. 게다가 서리 부족 전사에 비해 롱쿠스는 실력마저도 위다. 몇 차례의 공방만으로도 승부의 추가 기울었다.

"컥!"

텅그렁!

강력한 힘이 담긴 롱쿠스의 휘두르기에 서리 부족 전사가 짧은 비명과 함께 대검을 떨어뜨렸다. 뒤이어 대기를 가르는 소리를 일으키며 롱쿠스의 대검이 서리 부족 전사의 허리를 베었다. 승부가 결정 났다. 이미 패했다는 것을 느낀 서리 부족 전사가 죽음을 예감한 듯 눈을 감았다.

"크아악!"

고통에 찬 비명이 들린다. 아마도 동료가 내지르는 비명이리라.

슈아악!

동시에 상대의 대검이 대기를 찢으며 다가왔다. 그런데 응당 느껴져야 할 고통 대신에 '터엉!' 하는 소리가 나더니 상대의 대검이 둔탁한 충격을 주며 튕겨나갔다.

"야! 무기 들고 싸워!"

그리고는 인간 마법사의 외침이 들려왔다.

챙챙챙!

대검이 부딪치는 소리에 황급히 눈을 뜨자 죽었다고 생각한 동료가 대전사와 싸우고 있었다. 놀람을 느낄 새도 없이 대검을 집어 들고 전투에 가세했다.

사실 일반 전사는 대전사의 상대가 되지 못한다. 대전사를 죽이려면 족히 수십 명의 전사가 협공해야 하고 그마저도 대다수가 목숨을 잃는다. 그런 대전사를 동료와 함께 상대하고 있다. 대전사와 싸우면서 느낀 점은 인간 마법사가 대단한 실력자라는 사실이다. 아주 위급한 상황이 발생하면 쉴드를 둘러주거나, 간단한 공격으로 상대의 흐름을 끊어버린다. 전투 경험이 풍부하지 않다면 결코 해낼 수 없는 방식이다. 게다가 온갖 종류의 마법을 구사했다. 바닥이 푸르게 변하더니 땅속에서 뼈마디만 남은 손이 솟아나 상대의 발목을 잡아버리거나, 주변의 바닥이 미끄럽게 변하며 중심을 잃게 했다. 그리고 그때마다 대전사의 움직임이 조금씩 둔해져 갔다. 마지막 공격을 가할 쯤엔 대전사는 움직이는 것조차 힘들어 했고, 면상이 시커멓게 변하며 끊임없이 피를 토해냈다. 대전사를 죽음에 이르게 한 건 마지막 공격도 아닌 저주.

인간은 오크족이 가장 무서워하는 흑마법사였다.

"너, 이름이 뭐야?"

대전사를 쓰러뜨리자 허공에서 내려온 흑마법사가 나와 동료를 지적하며 이름을 물었다.

"난, 울루고 동료는 로고스다."

"그래, 울루, 로고스. 너들 서리 부족이 확실하지?"

"그렇다. 우리는 용맹한 서리 부족 전사다."

그렇게 찾을 때는 코빼기도 안 보이더니 막상 나타난 무리는 치열한 전투를 벌이며 우수수 죽어나갔다. 물론 상대가 강하기도 했다. 어쨌든 둘이라도 살렸으니 천만다행이었다.

"이봐 울루. 캉그르 잘 있지?"

갑자기 캉그루의 안부를 묻자 깜짝 놀란 표정이다.

"인간이 어떻게 소족장을 아느냐?"

"예전에 만난 친구야. 안내해 줄 수 있지?"

부족으로 안내하는 건 어렵지 않다. 다만 상대는 무서운 흑마법사다. 행여나 부족원이 인간의 기분을 상하게 한다면 부족 전체에 저주를 퍼부을지도 모른다.

더구나 고위급 흑마법사에 전투 경험마저 풍부하다.

비록 목숨을 구명 받았더라도 망설여질 수밖에 없었다.

"부탁이 있어 만나려는 거니 걱정 안 해도 돼. 겸사겸사 캉그르가 요청한 살트도 전해줘야 하고."

그러면서 저쪽 세상에서 가져온 소금을 꺼내 거짓이 아니라는 걸 보여주었다.

"이건 맛소금이라는 건데 부족까지 데려다주면 너희들에게 선물로 줄게."

"맛소금이 뭐다?"

"음……."

맛소금을 뭐라고 표현해야 될지 몰라 특별한 맛이 나는 살트라고 생각나는 대로 설명했다. 그랬더니 대번에 탐욕스러운 눈빛을 내보이는 울루와 로고스였다.

"저, 정말로 준다는 거냐?"

"당연하지."

서리 부족은 이틀을 이동해야 도착할 수 있었다.

도대체 이렇게나 먼 곳까지 돌아다니는 이유를 물었더니 울루가 한심하다는 표정으로 답했다.

"인간들 약탈하려면 별 수 없다."

"허!"

오크족의 일상이 사냥과 약탈이라는 것을 잠시 망각했다. 서리 부족의 근거지는 높이가 2만 미터에 달하는 아일산 중턱에 위치했기에 그곳에 도착하기 위해서는 꼬박 하루를 등반해야 했다. 부족의 명칭답게 곳곳에 서리가 내릴 정도로 기온이 낮은 곳이었다. 그러나 서리 부족의 근거지는 예상 외로 넓은 평원에 자리했다. 산 중턱에 저토록 넓은 평원이 존재하리라고는 전혀 예상하지 못했다.

빼곡히 늘어선 목조 가옥의 규모를 보니 부족원의 규모가 최소한 수천은 되어보였다.

물론 오크족 전체를 놓고 보면 소규모 부족일 뿐이다.

"여기서 기다린다."

입구에 도착하자 경계를 서던 전사들이 제지했기에 더는 들어갈 수 없었다. 울루가 캉그르를 부르러 간 사이 주변을 관찰했다. 혹시나 문제가 생긴다면 최소한 물러날 방향은 파악해두어야 한다. 그러기를 한참 후, 후다닥 달려오는 소리가 들렸다. 그것도 천천히 걸어오다 입구와 가까워지자 뛰어온다.

"치, 친구 왔다."

캉그르가 웃는 얼굴로 달려오며 반가운 척 한다.

짜식이 웃고 있어도 표정은 죽상이다.

"오! 내 친구 캉그르여!"

과한 몸짓을 보이며, 아주 반가운 표정으로 캉그르를 안아주었다. 그러면서 귀에다 속삭였다.

"너 왜 이리 미적거렸어?"

"미, 미적거린 적 없다. 소식 듣자마자 부리나케 달려왔다."

"이게 빠져가지고 어디서 거짓말이야. 죽고 싶어?"

"자, 잘못했다. 사실 겁나서 그랬다."

"말만 잘 들으면 아무 일 없을 거야. 그리고 우린 친구처럼 행동한다. 알았지?"

"아, 알겠다."

캉그르를 안아준 후, 큰 소리로 말했다.

"내, 부족을 위해 고생하는 친구를 위해 부탁한 살트를 가져왔다."

"고, 고맙다. 친구여!"

"정말로 어렵게 구했다는 것만 알아다오."

캉그르의 명성을 높여주면서 어렵게 구했다는 걸 두 번이나 강조했다. 조용하던 서리 부족이 들썩였다.

이곳에 터전을 잡은 이후 처음으로 인간이 방문했고, 그것도 소족장과 친구로 지내는 인간이었다. 더구나 인간 친구가 소족장의 부탁으로 귀하디 귀한 살트를 가져왔다.

그뿐만이 아니다. 인간을 데리고 온 울루와 로고스에 따르면 눈바람 부족 전사들에게 죽을 뻔 했던 자신들을 구해주면서 대전사마저 죽였다. 부족의 전사들 중 그 누구도 해내지 못한 전과를 올린 것이다.

게다가 자신이 한 일은 친우인 캉그르가 한 것과 진배없다며 그 모든 전과를 소족장에게 돌렸다. 인간의 말에 서리 부족 전사들이 부러운 시선으로 캉그르를 바라봤다.

캉그르의 위상이 순식간에 수직상승한 것이다.

"따라온다."

서리 부족을 방문했으니 가장 먼저 이곳의 족장에게 인사를 하고 머물러도 좋다는 허락을 받는 게 당연했다.

캉그르를 따라 족장이 거주하는 곳으로 향했다.

터전의 중앙 광장에 도착하자 이미 소식을 들은 듯 족장을 비롯한 일가족이 나와 있었다.

그만큼 캉그르를 찾아온 인간이 궁금했던 모양이다.

"내 아버지이자 서리 부족을 다스리는 족장이시다."

족장과 마주하자 캉그르가 나서 소개했다. 부전자전이라는 말이 있듯 캉그르 또한 족장을 빼다 박았지만, 2미터가 훨씬 넘는 족장의 유전자는 이어받지 못한 것 같다.

허나 캉그르의 덩치는 족장에 비해 왜소해 보일뿐이지 결코 인간에 뒤떨어지지는 않았다.

"처음 뵙겠습니다. 캉그르의 친구 루이라 합니다."

"클클, 소족장에게 인간 친구가 있었다니 믿어지지가 않는다. 타우렌이다. 서리 부족을 방문한 것을 환영한다."

"감사합니다."

인간이 방문했다는 소식을 들은 대다수 부족원이 광장에 운집했기에 한번 더 캉그르의 위상을 올려주기로 했다. 게다가 족장을 이용하면 더욱 효과가 클 것이다.

모두의 시선이 집중된 가운데 마법 배낭에 들어 있던 소금을 꺼냈다.

뜻밖의 행운

　80kg짜리 마대에 담긴 소금은 족히 몇 수레에 해당하는 양이다. 엄청난 양의 소금을 보자 족장을 비롯해 모두가 경악했다.

　"친우가 부탁한 살트입니다. 족장께 바칩니다."

　말이 끝나기 무섭게 소금 앞으로 다가온 족장이 맛을 보더니 세차게 고개를 끄덕인다. 아주 오래 전에 먹어본 최상급 살트였다. 족장이 매우 흡족한 표정으로 외쳤다.

　"오늘 방문한 인간은 캉그르의 친구이자 서리 부족의 친구다. 친구의 방문을 환영하는 축제를 열겠다."

　"우우우우!"

부족 전체가 늑대울음 소리를 내뱉으며 족장의 외침에 호응했다.

"모두 광장으로 모여 불을 피워라!"

쿵쿵쿵쿵!

울음소리에 이어 발을 구르며 분위기를 띄운다.

"고기를 굽고, 술을 마시고, 춤을 추어라!"

"우우우우!"

쿵쿵쿵쿵!

아일라산이 진동할 정도로 소리치며 발을 굴렀다.

금일 인간의 방문으로 인해 생각지도 못한 서리 부족의 축제가 시작된 것이다. 오크족은 생고기를 즐겨먹는다고 알려졌다. 허나 실제로 축제를 즐기는 것을 보니 불을 이용해 익혀먹는 문화가 발전해 있었다. 놀랍다는 표정으로 바라보자 족장이 껄껄 웃으며 말한다.

"우리도 불을 이용해 음식을 조리한 지 오래 됐다."

여러 가지 방법을 이용해 고기를 굽는 것을 보니 족장의 말이 틀리지 않았다.

"한잔 받는다."

게다가 굉장히 독하기는 하지만 야생 열매를 숙성시켜 담근 오크족의 특유의 술맛도 괜찮았다.

"한잔 받으시지요."

족장이 권한 술잔을 단번에 비우고는 잔을 건넸다.

"다음엔 인간 세상의 술을 가져오겠습니다."

"클클, 기대하겠다."

족장과 술잔을 주고받으며 여러 가지 대화를 나누었다. 막힘없이 대화가 이어지자 족장이 아주 즐거웠는지 마침내 기다리던 말을 꺼냈다.

"선물을 받았다면 보답하는 게 부족의 전통이다. 원하는 것이 있다면 말한다."

"한 가지 부탁이 있긴 합니다만 가능할지 모르겠습니다."

"뭔지 말해본다."

"혹시 교육시설을 지어줄 수 있겠습니까?"

"교육시설? 그게 뭐하는 곳이다?"

교육시설이 뭔지, 그곳에서 해야 할 일을 설명하자 족장이 아주 재밌다는 표정을 지었다.

"가능하겠습니까?"

"물론이다. 검은 머리카락을 지닌 나쁜 놈들을 착한 인간으로 만들어 달라는 게 아니냐?"

누가 오크족이 미개하다고 했는지 뺨이라도 때려주고 싶다. 족장은 원하는 것을 정확히 이해했고, 아주 재밌을 것 같다며 흔쾌히 수락했다. 다만 교육 중에 죽는 인간은 어쩔 수 없다는 것을 명확히 했다.

"당연합니다. 착한 인간으로 만들어주는 대가로 살트를 비롯해 필요한 식량을 공급하겠습니다."

"끌끌, 일꾼을 주는 것도 모자라 선물까지 준다니. 오히려 내가 고맙다."

족장이 잠시 동안 뭔가를 생각하더니 부관을 불러 지시

를 내렸고, 잠시 후, 부관이 가져온 것을 족장에게 건넸다.

'세상에!'

부관이 가져온 것을 본 순간 심장이 멎는 줄 알았다.

부관이 가져온 것은 영롱한 푸른빛을 머금은 마나석으로 주먹보다 컸다. 저 정도 크기를 가진 마나석은 쉽게 접할 수조차 없고, 거래가 없기에 가격자체도 정해지지 않았다. 굳이 가치를 논하자면, 주먹 반 정도 크기의 마나석이 만 골드가 넘는 가격에 거래되고 있었으니, 족장의 손에 들린 건 족히 수만 골드는 나갈 것이다.

무엇보다 자연적으로 형성된 마나석은 수요에 비해 공급 자체가 턱없이 부족하기에 효율이 크게 떨어지는 마석을 대용으로 사용했다.

마나석을 보고는 너무 놀라 표정관리를 못했다.

그것을 본 족장이 껄껄껄 웃었다.

"인간들이 아주 좋아한다고 들었다."

"마나석이라고 아주 귀한 겁니다."

솔직히 말했다.

오크족도 주술사가 존재하니 그들도 마나석의 효용을 모르지 않을 것이다.

"알고 있다. 그래서 보여주는 거다."

촉이 왔다.

족장은 마나석을 거래물품으로 내어놓으려는 것이다.

"그대는 부족의 친구다. 이것들로 필요한 것을 구하고 싶다."

역시나 예상대로 족장은 거절할 수 없는 제안을 해왔다. 더구나 이것들이라는 표현을 사용했다. 그 말은 아일라산 어딘가에 마나석이 대량으로 존재한다는 뜻이다. 좋은 정보를 얻었다. 마나석의 용도는 무궁하지만 가장 우선적으로 사용하는 곳은 게이트다. 마탑에서 운용하는 이동용 게이트는 단거리, 중거리, 장거리, 세 가지 형태로 나뉘는데 마나석이 함유한 마력의 크기에 따라 구분된다.

예를 들어 장거리 이동용 게이트를 활성화 시키는데 필요한 마력수치 100을 채우려면 적어도 7서클 이상의 고위 마법사가 지닌 마력을 대부분 사용해야 한다.

그리고 게이트를 유지하기 위해선 계속해 마력을 공급해야 하기에 인간의 능력으로는 상시유지가 불가능하다.

마나석이 필요한 이유다.

게다가 수백수천 곳을 게이트로 연결하는 것 자체가 사실상 불가능하고, 마나석을 확보하는 것 자체도 어렵기에 중요한 곳만 게이트를 설치한다. 물론 판단은 게이트를 운용하는 마탑의 몫이다. 예전에 황도에서 인페르노 공국까지 이동할 때 게이트가 아닌 워프 마법진을 사용했던 연유다. 그러나 이마저도 마력 고갈을 방지하기 위해 마석을 이용하는 마법사들이 대다수였다. 다시 말해 마나석을 확보할 수 있다면 반영구적인 이동용 게이트를 운용할 수 있다는 뜻이다. 그것도 족장이 보여준 마나석이라면 초장거리용 게이트까지 열 수 있다. 더욱이 마탑의 손을 빌리지 않고 독자적인 운용도 가능하다.

비록 마법사가 귀하기는 하지만 마나를 다루고 좌표를 읽을 수 있는 최하급 마법사나 하급마법사 정도는 얼마든지 구할 수 있으니까. 그렇게 본다면 서리 부족을 방문해 큰 행운을 거머쥐게 된 것이다.

"그리하겠습니다. 우선적으로 필요한 게 있습니까?"

"인간이 사용하는 무기가 시급하다."

자금에 서리 부족은 눈바람 부족과 영역 다툼을 벌이고 있었다. 언제든지 부족 간의 전쟁이 일어날 수 있기에 무기를 구하려고 혈안이다. 며칠 전에도 두 부족이 소규모 전투를 벌인 것도 이와 같은 연유였다. 그곳은 서리 부족의 영역이었고, 눈바람 부족이 인간을 약탈해 무기를 구하려는 목적에 서리 부족의 영역을 침범했기 때문이다.

"어렵지 않습니다. 원하는 만큼 필요한 무기를 공급하겠습니다."

"고맙다. 그리고 식량재배 기술을 배우고 싶다."

"예?"

"어려운가?"

사냥과 약탈을 주업으로 살아가는 오크족이 식량재배 기술을 요구하다니 솔직히 놀라웠다. 게다가 식량재배 기술은 무기 공급과는 차원이 다른 문제다. 인간이 현재의 문명을 이룰 수 있게 된 이유야 여러 가지가 있겠지만, 무엇보다 식량의 생산이 가능했던 게 가장 큰 이유다.

족장도 그걸 아는지 제법 긴장한 표정으로 물어왔다.

"가능은 합니다만……."

마나석을 가지려는 욕심에 가능하다는 답을 하면서도 훗날이 걱정됐다. 안 그래도 월등한 신체능력을 지닌 오크족이 풍족한 식량을 기반으로 개체수와 세력을 늘려간다면 인간에게 큰 위협으로 다가올 수 있다. 어쩌면 인간과 삶의 터전을 맞바꾸게 될지도 모를 일이고.

뭐, 어쨌든 그건 후대의 문제고, 당장에 시급한건 부유하고 강한 영지를 만들어 타나리스 가문의 영화를 되찾는 것이다. 당연하게도 족장의 제안을 거절할 수 없다.

"날씨가 차가워지면 사냥이 어렵다. 부족원이 굶지 않게 만들고 싶다. 부탁한다. 서리 부족 친우여."

그놈의 친우를 몇 번이나 강조하는지 모르겠다.

"좋습니다. 기술을 이전하겠습니다."

식량 재배 기술을 가르치려면 누군가가 이곳에 상주해야 하기에 그에 대한 의견을 교환했다. 물론 상주하는 인간을 최우선적으로 보호하는 것은 당연했다. 이후로 며칠 더 서리 부족에 머물면서 검은 머리 인간을 갱생시킬 교육시설 공사를 지시했고, 영지와 연결된 게이트를 설치했다. 게이트는 일방통행으로 영지에서 이곳으로 올 순 있지만, 이곳에선 가동할 수 없도록 조치했다.

만에 하나 있을 사고를 미연에 방지한 것이다.

"캉그르, 믿고 맡겨도 되겠지?"

"물론이다. 나쁜 인간들 이곳에 오면 절대로 도망가지 못하도록 한다. 걱정 만다."

게이트를 통해 식량과 필요한 무기가 보내지는 만큼 관

리는 전적으로 캉그르가 맡도록 했다. 줄 수 있는 가장 큰 선물로 캉그르는 게이트를 관리하는 것만으로도 대단한 권력을 손에 쥔 것이다. 그리고 자신을 따르는 오크 전사들에게 가장 먼저 무기와 갑옷 등을 챙겨주면서 소족장으로서 확고한 위치를 잡으려 할 것이다. 이번 일로 인해 형제들과의 경쟁 또한 끝난 것과 다름없으니 다음 대의 서리 부족장은 캉그르로 확정된 것과 마찬가지다.

"그럼 간다."

"가끔씩 들린다."

서리 부족에서의 일을 마무리하고 족장과 캉그르의 배웅을 받으며 영지로 공간이동 했다.

* * *

타나리스.

전에 왔을 때와 마찬가지로 영지는 온통 공사로 몸살을 앓는 중이다. 거대한 중장비가 쉴 세 없이 가동되고 수천 명의 영지민이 중장비가 파헤친 곳을 정리하고 있다. 좁았던 도로가 뻥뻥 뚫리는 것만큼 활력으로 가득 찬 영지의 모습에 흐뭇한 기분을 느꼈다.

한데 영주성으로 향하는 길에 낯선 광경을 목격했다.

넓은 공터에 수십 명의 장인족을 앉혀둔 채 이진성 대표가 열변을 토하는 중이었고, 장인족은 초롱초롱한 눈빛으로 시선을 고정하고 있었다.

당연히 궁금했기에 조용히 후미로 다가가 지켜봤다.

"이렇게 땅을 파거나 헤집는데 원리는……."

사정을 보아하니 블러드 후프가 데려온 장인족을 교육하는 중이었다. 놀라운 건 장인족이 이 대표의 설명을 이해했다는 듯 연신 고개를 끄덕인다는 점이다.

"그럼 이번엔 직접 조립하면서 한번 더 원리에 관해 설명하겠습니다."

이 대표의 말에 앉아 있던 장인족이 우르르 일어나더니 분해된 중장비를 조립하기 시작했다.

그러면서 궁금한 점에 관해 끊임없이 질문을 건넸다.

"재밌지 않습니까?"

아론이 다가서며 말했다.

"헤파이스토스의 후예라는 자부심이 무너졌으니 당연한 결과가 아니겠습니까?"

그간의 사정이야 보지 않아도 뻔했기에 아론이 동의한다는 듯 고개를 끄덕였다. 블러드 후프가 저쪽 세상의 기술로 만든 손전등을 가져가 공개하자 장인족은 큰 충격을 받았다. 그들의 상식으론 감히 생각지도 못했던 기물이 모습을 드러낸 것이다. 최고의 기술자들이 모여 며칠 동안 연구하며 논의를 거듭했다. 그러나 그들이 가진 지식으로는 손전등의 원리조차 파악하지 못했다. 손전등 앞에서 장인종족의 자부심이 처참하게 무너진 것이다.

그렇게 내린 결론은 자존심을 내려두고 앞선 기술을 배워야 한다는 것이었다. 최고의 기술자들로 이루어진 수백 명의 장인족이 타나리스로 오게 된 연유다. 그리고 그들에게 내려진 사명은 손전등을 만든 인간의 기술을 모조리 배워오라는 것, 모든 기술을 배우기 전엔 결코 돌아오지 말라는 절대적인 명이었다. 그들이 불타는 눈빛으로 이 대표의 설명을 듣고 있는 이유였다.

루이는 기술자들에게 내려진 엄명을 알게 되면서 배꼽을 잡고 한참동안 웃을 수밖에 없었다.

저쪽 세상에서 가져올 기술은 무궁무진하다.

더구나 오랜 세월 동안 발전해온 기술을 단번에 배운다는 것은 어불성설, 수백 명의 고급기술을 영원히 부릴 수 있게 된 것이다. 그것도 공짜로 말이다.

"나머지 인원도 현장마다 배정된 겁니까?"

"예. 저들이 도착하자마자 건설부와 협의해 각 지로 배정했습니다."

수백 명의 장인족이 찾아오자 건설부가 나서 각지로 보냈다. 물론 장인족을 이끌고 온 대표와 협의한 결과다. 특히나 저들의 대표는 발전소 공사에 대다수 인원이 투입되기를 희망했다. 아마도 전력을 생산하는 방식을 배운다면 손전등의 원리를 파악할 수 있다고 판단했을 것이다. 어쨌든 생각지도 못한 수백 명의 장인족이 찾아오는 바람에 기술자들이 부족하지는 않게 됐다.

"모두가 영주님의 복입니다."

"하하! 그렇게 되는 겁니까?"

아론 경이 아부도 한다는 것을 처음 알았다.

"그보다 경이 해주어야 할 일이 있습니다."

"하명하십시오."

"이곳에서는 곤란하니 차나 한잔 하시죠."

"따르겠습니다."

"말리 경과 함께 집무실로 오세요."

"아…! 허면 부단장이 도착하는 대로 찾아뵙겠습니다."

영지군을 이끄는 단장과 부단장을 동시에 찾는다는 건 그만큼 중요한 일이라는 뜻이다.

아론에게 명을 내린 후, 집무실로 향했다.

영주, 재벌이 되다

나들이요?

영주 집무실.

근 열흘 가까이 바깥을 돌아다녔더니 온몸이 찌뿌듯했기에 영주성에 도착하자마자 뜨거운 물에 몸을 담갔다.

목욕으로 쌓인 피로를 푼 후, 집무실에 도착하자 아론과 말리는 이미 도착해 있었다. 집무실에서 요즘에 가장 핫한 믹스커피를 내오자 둘의 표정이 환해진다.

"이번엔 어디를 다녀오신 겁니까?"

영주가 되니 오히려 잔소리가 심해진 아론이다.

"서리 부족이라는 오크족을 방문하고 왔습니다."

"예에?"

아론과 말리가 동시에 소리쳤다.

"두 분에게 걱정을 끼칠 정도로 무모하진 않습니다."

"그래도 오크족이라니요."

"그렇습니다. 세상에… 아직도 간이 떨립니다."

"갈 만했으니 다녀온 겁니다. 그보다 오크족을 방문한 이유는 궁금하지 않은 모양입니다."

"어찌 궁금하지 않을 수 있겠습니까? 도대체 무슨 연유로 목숨을 건 도박을 하신 겁니까?"

이야기가 길었지만, 오크족을 방문한 이유를 상세히 설명하자 그제야 표정을 푸는 아론이다.

"허… 참으로 묘하게 연결되는군요. 산적질을 나온 오크가 부족의 후계자였다니."

"단장님 말씀대로 묘하게 엮였지만, 영주님께서 오크족이라는 강력한 패를 지니게 됐으니 그 또한 좋은 일이 아니겠습니까?"

"그렇기는 하지."

"헌데 서리 부족에 무기를 공급하는 것도 문제겠습니다."

부단장의 말대로 워커밀 광산에서 철광석을 캐긴 하지만 아직은 정상화되지 않았기에 그 수량이 턱없이 부족했다. 그렇다고 혼란의 시대에 타 영지로부터 대량의 철을 구매하는 것도 조심스럽다. 철을 수입하는 것은 무기를 만들어 군사력을 증강시키겠다는 의도와 일맥상통하기에 잘못하면 가신가문이었던 자들을 자극하게 된다. 황녀 아넬리아가 벌어준 시간을 허무하게 날려버릴 수 있다는 뜻이다. 물론 영지 내 대장간을 통해 공급해도 되지만, 문제는 서리 부족에서 시급히 요청했다는 것이다. 당장이라도 눈바람 부족과 전쟁이 벌어질지 수 있기에 최대한 빠른 시간에 부족 전사들을 무장시키려는 것이다. 아무리 머리를 맞대어 의견을 교환해도 마땅히 철을 구할만한 곳이 없었다.

"휴… 송구하오나 별다른 방법이 없어 보입니다."

아론이 한숨을 내쉬며 고개를 저었다.

"차라리 저쪽 세상에서 철을 가져오는 건 어떻습니까?"

말리가 뜻밖의 의견을 제시했다.

"허……!"

"아……!"

아론과 함께 탄식을 내뱉었다. 그랬다. 타나리스는 엄청난 제련시설을 가진 세상, 셀 수도 없는 엄청난 양의 강철을 소비하는 세상과 연결된 곳이다. 저쪽 세상이라면 아주 양질의 철을 얼마든지 가져올 수 있다.

"하하하! 그러네요. 쓸데없는 고민을 하고 있었습니다."

뜻하지 않게 문제점이 해결되어 크게 웃자 아론이 맞장구를 쳤다.

"맞습니다. 부단장에게 특별휴가라도 내려주시지요."

"특별휴가라… 좋습니다. 두 분께 휴가를 드릴 테니 나들이를 다녀오셔야겠습니다."

나들이를 다녀오라는 말에 아론과 말리가 동시에 되물었다.

"나들이요?"

아론과 말리는 저쪽 세상에 기반을 갖추어 두었다는 것을 안다. 게다가 마몬의 시기를 보내면서 강철파가 어떤 존재인지도 들었다. 그랬기에 새롭게 창설한 타나리스 기사단장에 새까만 후배인 테론이 선임될 수밖에 없는 이유도 이해했다. 강철파, 아니, 타나리스 기사단이 처한 사정에 관해 설명을 들으면서 나들이를 가야 할 곳이 저쪽 세상이라는 것도 알게 됐다. 영주로부터 허락 받은 자가 아니면 설령 황제라 할지라도 출입할 수 없다는 그곳.

몹시도 궁금했지만, 영주가 허락하기까지 참을 수밖에 없었다. 그리고 마침내 그곳을 통해 새로운 세상에 갈 수 있게 됐다. 어찌 흥분되지 않을까.

"예. 저쪽 세상에서 해주셔야 할 일이 있습니다."

저쪽 세상에서 해야 할 일을 설명하자 둘은 강철파를 공격하는 건 곧 타나리스에 대해 전쟁을 선포하는 것으로 받아들였다.

"전쟁이라면 마땅히 저희가 가야하는 게 맞습니다. 영주님께서 신경 쓰지 않도록 모조리 때려눕히겠습니다."

저쪽 세상의 사회구조를 이해하지 못하니 굳이 전쟁이 아닌 세력 간의 다툼이라는 설명은 하지 않았다.

차라리 액면 그대로 받아들이게 놔두는 것이 속편하다.

물론 임무가 끝나면 마음 편히 저쪽 세상을 둘러볼 수 있도록 휴가를 줄 것이다.

"허면 이틀 후에 출발하겠습니다."

"예, 영주님."

아론과 말리에게 준비를 명했으니 이제 헤론에게 나머지 일을 맡겨야 하기에 곧바로 발전소 공사 현장으로 이동했다. 좌표를 찍어 이동한 곳은 현장이 훤하게 내려다보이는 허공, 김 부장의 말대로 발전소를 건설하기에 천혜의 장소였다. 이곳을 포함해 두 곳의 공사를 끝낸다면 타나리스 전역에 전력을 공급하게 된다. 이미 각 지역에 들어설 산업단지를 지정한 만큼 계획대로라면 발전소가 완공되는 시기에 맞추어 산업시설 또한 들어설 것이다.

전기를 이용한 각종 산업시설이 쉴 세 없이 가동되는 모습을 떠올리자 절로 미소가 지어진다.

그때가 되면 저렴한 인건비를 바탕으로 저쪽 세상에 필요한 물건을 대량으로 생산할 수 있게 된다.

비슷한 품질, 떨어지지 않는 디자인이라면 생산단가가 저렴한 타나리스 제품이 훨씬 유리한 위치를 차지할 것이다. 진정한 차원 간의 무역이 시작된다는 뜻이다.

"뭐가 그리 즐겁습니까?"

"호! 5서클에 오르더니 마법 실력이 일치월장 했네."

발전소 현장을 내려다보는 곳은 상당히 높은 허공.

대기의 흐름은 장소마다 다르기에 급작스럽게 장소가 바뀐다면 마나의 흐름이 꼬일 수 있다. 잘못하면 그대로 떨어질 수 있기에 특별한 경우를 제외하고 보통 지상에서 수 미터 이내의 높이로 이동한다. 지금처럼 까마득한 허공으로 이동한다는 것은 마법의 운용이 능숙하다는 뜻이다.

"저더러 천재라면서요?"

"잘난 체는."

"어떨 것 같습니까?"

"뭐가?"

"에이! 발전소가 들어섰을 때 말입니다."

"그때가 돼봐야 알지."

"나 참! 그럼 이곳엔 왜 온 겁니까?"

"네가 일 안하고 개길까 봐 감시하러 왔다."

"그럼 열심히 감시하시죠. 전 내려갑니다."

"싫다. 이렇게 경치 좋은 곳을 두고 왜 내려가?"

"전 떨어져 죽기 싫습니다. 먼저 내려갑니다."

순식간에 테론의 모습이 사라지는 것을 보니 블링크 마법을 사용한 것 같았다. 놀라운 사실은 허공에서 연이어 블링크를 사용했다는 점이다. 본인은 모르겠지만, 허공에서 연이어 블링크를 사용하는 것은 상당히 어렵다.

마법의 운용능력이 뛰어나지 않다면 불가능한 일. 그런 것을 보면 헤론의 재능은 경악할 정도로 뛰어나다.

휘이잉!

바람이 강해지면서 대기의 흐름이 불안전해지기 시작했다. 아직은 헤론이 버티기엔 무리였기에 서둘러 지상으로 이동한 것이다. 지상에 도착하자 헤론이 커피를 내왔다.

"주변 정리는 다 되가?"

"거의 마무리됐습니다."

"그래도 남은 놈들이 있을지 모르니 경계를 철저히 해야

해.”

마몬의 시기가 지나면서 몬스터 숫자가 크게 줄었기에 발전소 주변에 터 잡은 무리를 말끔히 소탕했다. 그래도 시간이 지나면 새로운 무리가 터를 잡기에 영지군이 상주하면서 꾸준히 순찰해야 한다. 이런 식으로 몇 년이 지난다면 더는 몬스터가 터를 잡지 않는다.

“수고했다. 일이 마무리되면 이곳은 영지군에 맡기고 넌 다른 일 좀 해야겠다.”

“또요?”

“짜식이! 주군이 시키면 예. 알겠습니다. 이렇게 못해?”

“아니, 대학에 보낼 때는 언제고 이제와 퇴학당하게 만들 겁니까?”

“아, 그건 미안. 하여튼 이번 일만 끝나면 졸업할 때까지 따로 안 부를게.”

“약속하신 겁니다.”

헤론에게 강철파 일을 이야기하자 금방 표정이 심각해진다. 강철파가 제아무리 강해도 공권력을 상대로는 이길 수 없다는 걸 알기 때문이다.

게다가 경찰이든 검찰이든 사그리 잡아와 정신개조를 시키겠다는 말에 황당한 표정이다.

“중요한 건 놈들을 움직이는 우두머리가 아닙니까?”

“당연하지. 일단 놈들을 죄다 잡은 다음 우두머리까지 잡아와 캉그르에게 맡겨야지.”

“하아! 그 많은 인원이 사라지면 난리가 날 텐데요.”

"당연히 난리 나겠지. 그래서 걔들이 어쩔 건데?"

사실이 그렇다. 사라진 원인을 모르니 고작 강철파를 들쑤시는 것 외에는 별다른 방법이 없을 것이다.

"그건 그러네요. 허면 일이 끝나면 강철파를 없애야겠네요."

"당연하지. 음지보다 양지에서 활동하는 무력 단체가 더 필요하지 않겠어?"

"그건 무슨 말씀이십니까?"

"김 부장이 말한 사업 있잖아."

"아! 그러면 되겠네요."

해체된 강철파 조직원은 모두 경호업체 직원으로 만들면 된다. 즉, 공식적인 무력단체를 가지게 된다는 뜻이다. 물론 최종 목적은 pmc라는 민간 군사 기업을 만드는 것이지만.

"저는 차원홀을 통해 넘어오는 놈들을 죄다 서리 부족으로 보내면 끝나는 일이네요."

"그렇지. 아주 간단한 일이야."

말 그대로 정말로 간단한, 마법사라면 누구나 할 수 있는 일이지만 영지엔 마법사가 겨우 둘 뿐이다.

그러니 헤론이 맡아야 했다.

"어휴! 천재 마법사를 고작 택배 일에 사용하다니."

"고작 택배 일이라니? 네가 보내는 놈들은 죄다 영지를 위해 일선에서 싸워줄 전사들이야. 아주 중요한 일을 하는 거라고."

"알았으니까 이번일 끝나면 마법사를 고용하던지 알아서 하시고. 졸업할 때까지 찾으시면 안 됩니다."

"알았다. 알았으니 한번만 말해."

헤론 말대로 마법사를 고용하는 걸 심각히 생각해 봐야겠다.

*　*　*

이틀 후. 출발 준비를 끝낸 아론과 말리가 도착했는데 둘의 모습이 가관이다. 얼마나 손질을 했는지 도저히 눈부셔쳐다볼 수 없을 정도로 번쩍번쩍한 갑옷을 착용한 채 찾아왔다.

"전쟁이라도 벌어졌습니까?"

"예?"

"다른 영지에서 쳐들어 왔느냐는 겁니다."

"아닙니다. 영주님께서 오늘 출발하시기로 말씀하셨지 않습니까?"

갑자기 머리에 쥐가 내렸다. 이걸 우직하다고 해야 할까, 아니면 충성스럽다고 해야 할까?

귀찮아서 저쪽 세상의 사회구조를 설명해주지 않은 것은 맞지만, 아무것도 모를 줄은 상상하지도 못했다.

"헤론이나 테론에게서 들은 얘기가 없습니까?"

"저쪽 세상에 관한 것 말입니까?"

고개를 끄덕이자 아론이 한숨을 쉰다.

"송구합니다. 영주님께서 벌이시는 일이라 소신은 아무것도 묻지 않았습니다. 아들놈들도 그랬습니다."

하아… 정말로 우직한 아버지와 대단한 아들들이었다.

더욱이 근 한 달이 넘도록 강철파 조직원들과 부대끼며 지냈다. 물론 언어가 통하지 않았기에 직접적인 대화는 불가능했다. 그래도 헤론과 테론에게는 은연중이라도 질문을 건넬 수 있었을 터임에도 그것조차 안했다는 말이다. 게다가 헤론과 테론 또한 일절 저쪽 세상에 관한 이야기를 꺼내지 않았다.

내심으론 아주 흐뭇했지만, 황당한 것도 사실이다.

"우선 따라오세요."

둘을 데리고 차원홀이 있는 주택으로 이동했다.

"테론이 입던 겁니다. 몸에 맞을지는 모르겠습니다."

정장을 비롯해 캐주얼 복이 빼곡한 옷장을 가리키며 갑옷을 벗고 갈아입도록 했다.

"와! 멋집니다."

조금 끼인다는 느낌이 들었지만, 오히려 우락부락한 근육미가 드러나자 멋진 모습을 연출했다. 아론과 말리도 거울을 비춰보더니 아주 만족한 표정이다.

이번에 넘어가면 기사단이 입을 수 있도록 사이즈 별로 제대로 준비해 놓아야겠다.

"그럼 출발할까요?"

"예. 영주님."

지하공동에 도착하자 가장 먼저 시선을 잡은 건 마치 살아 있는 듯 커졌다 작아지기를 반복하는 차원홀이었다.

"저것입니까?"

"예. 저쪽 세상으로 통하는 차원홀입니다."

"오래전 던전 발굴에 참여한 적이 있는데 그때 봤던 던전의 입구처럼 생겼군요."

"예. 저 역시 처음 발견했을 땐 던전인줄 알았습니다."

큰 차이점이 존재하지만 겉으로 봤을 땐 비슷했기에 굳이 설명할 필요는 없었다.

"던전에 입장하는 방식과 다른 점이 있습니까?"

"아닙니다. 그냥 만지시면 됩니다."

아론이 먼저 출발했고 말리가 뒤따랐다. 둘 역시도 색다른 경험을 했다. 찰나의 순간이었지만 별들의 세상을 유영하는 느낌을 받으며 새로운 세상에 도착한 것이다.

영주,

재벌이 되다

찾아온 깨달음

　타나리스 유통. 아론과 말리를 데리고 회사에 출근하자
김 부장이 깜짝 놀랐다.

　"어! 단장님? 부단장님?"

　놀란 김 부장을 보며 아론이 씨익 웃으며 손을 내민다.

　"오랜만이외다. 김 부장."

　악수를 나눈 김 부장이 무슨 일이냐는 눈빛을 보냈다.

　"앉아서 말씀들 나눕시다. 해수 씨, 커피로 부탁해요."

　대표실에 자리하자 아론이 질문을 건네 왔다. 컴퓨터를
보며 일하는 직원들의 모습이 의아했던 모양이다.

　"컴퓨터라는 건데 문서를 작성하고 보관하는 용도로 사

용하는 기물입니다. 뭐라고 꼬집어 설명하기는 어려우니 차차 알려드리겠습니다."

"저들은 왜 왜 혼잣말을 하는 겁니까?"

이번엔 말리의 질문이다. 그가 가리키는 직원들은 거래처와 통화 중이었다.

"저들이 귀에 대고 사용하는 건 전화기라는 기물입니다. 멀리 떨어진 상대와 대화를 할 수 있게 해줍니다."

멀리 있는 상대와 대화를 나눌 수 있다는 말에 큰 관심을 표했다.

"어느 정도 거리까지 대화가 가능합니까?"

"거리의 제한은 없는 것으로 압니다."

"그렇습니까?"

다소 놀란 표정이다. 아마도 영지군에 보급할 수 있는지 가늠하는 중일 것이다.

"안 그래도 영지군에 보급할 예정이었습니다."

"정말이십니까?"

둘의 표정이 환해진다. 물론 전화기는 영지 곳곳에 설치할 예정이고, 영지군에 보급할 건 무전기다.

"무전기요?"

전화기와 무전기의 차이점에 관해 설명하자 격하게 고개를 끄덕인다. 생각해보라. 멀리 떨어진 영지군과 상시적으로 연락을 주고받을 수 있다면 전술의 운용 폭이 얼마나 늘어나겠는가. 당연하게도 전투를 유리하게 이끌 수 있는 이점이 생기는 것이다. 군부를 이끄는 인물들답게 대번에 전화기에 관해 질문을 건네 온 이유다. 영지군이 사용할 건 무전기뿐만 아니다. 이곳의 전투부대를 모방해 최대한 비슷한 무기와 장비를 운용할 것이다.

"일전에 말씀드렸듯이 수익이 호전 되는대로 영지군의 규모를 늘릴 겁니다. 그때를 대비해 이곳의 무기와 장비에 관해 최대한 정보를 모아야 할 겁니다."

"충! 명을 받듭니다."

영지군의 규모를 늘린다는 말에 과할 정도로 반응했다.

이해는 된다. 이곳의 전투부대가 사용하는 무기와 장비를 갖춘 영지군이라면 저쪽 세상에서는 가히 적수가 없을 것이다. 그런 강력한 부대를 거느리게 됐으니 저러한 반응을 보이는 것도 당연하다.

"두 분을 위해서라도 하루 빨리 큰 수익을 만들어야겠습니다."

아론과 말리의 반응을 본 김 부장의 말이었다.

"좋은 소식이 있습니까?"

회사의 수익에 관해서 만큼은 농담을 건네는 김 부장이 아니었다. 당연히 짐작 가는 게 있어 질문을 건넸다.

"예. 자양강장제의 시판 허가가 떨어졌습니다. 당장이라도 판매가 가능합니다."

역시나 예상한 답변이었다.

"오! 축하드립니다. 이제 본격적인 돈벌이가 시작되는군요."

"감축 드립니다. 영주님."

김 부장이 장난기가 다분한 표정으로 한쪽 무릎을 꿇으며 가슴에 손을 댄 채 축하를 건네 왔다.

"하하! 이거 김 부장에게 작위라도 내려야겠습니다."

"허면 가신으로 받아주시겠다는 겁니까?"

"김 부장이 원한다면 어찌 거절하겠습니까? 가능하다면 백작에 봉해서라도 영지로 모시고 싶습니다."

"허면 약속하신 겁니다."

"하하! 물론입니다."

김 부장은 향후 십년 안에 타나리스를 세계적인 기업으로 만들겠다고 공언했다.

그런 후 이곳이 아닌 영지에서 지내기를 희망했다.

"그게 가능하겠습니까?"

"물론입니다. 신비수와 불로초만으로 가능합니다."

불로초는 얼마 후면 시판될 자양강장제의 제품명이다. 직원들을 상대로 제품 이름을 공모해 선정했다. 김 부장이 자신 있게 답하며 회사의 홈페이지를 보여주었다. 불로초를 사용해본 후기를 비롯해 소문을 접한 소비자들이 언제 시판하는지에 관한 질문이 끊임없이 이어져 있다. 게다가 불로초 덕분에 신비수마저 폭발적인 관심을 끌고 있었다. 시판을 한 후 결과를 지켜봐야겠지만, 솔직히 대박을 칠 것 같은 예감이 진하게 들었다. 향후 과학기술로 마법을 가미한 제품을 만들어 낸다면 이 세상에서 가장 큰 기업군으로 성장하는 것도 불가능하지는 않을 것이다.

"하하! 그날을 기다리겠습니다. 김철민 백작."

"감사합니다, 영주님."

타나리스 유통을 모태로 한 거대 기업군을 일구어 준다면 들어주지 못할 것도 없다. 김 부장 또한 자연을 벗삼아 살아가면서 마나마저 쌓는다면, 어쩌면 더욱 길어진 생을 살아가게 될지도 모를 일이다. 농으로 시작했지만, 의미가 깃든 대화였다. 불로초는 한울제약에서 충분한 물량을 생산한 다음에 시판하기로 계획을 세웠다. 이미 입소문을 타고 홈페이지를 방문하는 구매자가 많은 만큼 처음엔 개인을 상대로 온라인으로만 판매할 것이다.

물론 충분한 재고를 쌓게 되면 본격적으로 판매에 나서면 된다. 불로초와 신비수에 관한 보고를 받고난 후, 서리 부족에 보낼 무기에 관해 의견을 교환했다.

"강철을 구하는 것은 어렵지 않겠지요?"

"강철이야 돈만 주면 얼마든지 구할 수 있습니다. 한데 굳이 강철을 가져갈 필요는 없지 않습니까?"

"예?"

"제 생각엔 아예 검이나 방패로 제작해 가져가는 게 나을 것 같아 드리는 말씀입니다."

순간적으로 머리가 띵했다. 허! 도대체 이 세상에 와서 여태껏 어떤 것을 배우고 무엇을 깨우쳤다는 말인가. 그렇다. 그저 돈을 벌고자 발버둥만 쳤다는 것이다. 김 부장의 한마디 말로 인해 큰 충격을 받았다. 이 세상은 고도의 제련기술을 보유했고, 매일 엄청난 양의 철을 생산한다. 그렇다면 당연히 강철의 가공기술 또한 발전했을 터, 김 부장의 말대로 검이나 창을 만드는 것은 어렵지 않을 것이다. 이게 이 세상이 가진 본연의 모습이다.

본연의 모습. 여태까지 이렇듯 간단한 진리를 깨우치지 못하고 있었다. 순식간에 눈앞이 암전되더니 이전에 보았던 순백의 공간에 들어섰다. 그러자 순백의 공간이 변하며 수백수천권의 서적이 모습을 드러냈다. 손을 뻗자 서적이 잡힌다. 손에 잡힌 것은 마법서, 1서클 마법부터 7서클, 8서클에 이르는 방대한 마법을 담고 있었다.

세상에! 감탄을 내뱉는 것도 잠시 언제 이런 기회를 얻을까 싶어 시간가는 줄 모르고 탐독했다. 놀라웠다. 순백의 공간은 마법을 비롯해 온갖 지식을 담은 보고였다.

단지 아쉬운 점이 있다면 손으로 잡으려 해도 잡히지 않는 서적이 대다수라는 사실이다. 그렇게 마지막장을 읽고 나자 순백의 공간이 일그러졌다.

"으음……."

더 머물지 못한 것이 아쉬웠던지 절로 한탄이 나온다.

"얻으셨습니까?"

순백의 공간에서 나오자 아론이 대뜸 질문을 건네 왔다. 깨달음을 얻었냐는 뜻이다. 심장에 새겨진 일곱 번째 고리가 느껴졌기에 조용히 고개를 끄덕였다.

"감축 드립니다. 영주님."

정말이지 한순간에 찾아온 깨달음이었고, 때마침 아론

과 말리가 지켜주었기에 어떠한 방해도 없이 내 것으로 만들 수 있었다.

"축하드립니다, 대표님."

김 부장이 축하를 건네 왔다. 깨달음의 끝을 잡을 수 있었던 건 순전히 김 부장 덕분이었다.

"고맙습니다. 김 부장의 조언을 듣다보니 큰 깨달음을 얻었습니다."

"그런 말씀 마십시오. 대표님과 함께하면서 매일이 즐겁습니다. 도움이 됐다는 것만으로도 족합니다."

표정을 보아하니 정말로 그런 것 같았다.

허나 그냥 넘어갈 순 없다.

"하하! 정히 그러시다면 후일 백작에 봉함은 물론이고 작위에 걸 맞는 영지 또한 내리겠습니다."

"헉! 감사합니다. 대표… 영주님."

가까운 미래에 고위 귀족이 됨은 물론이고 영지까지 가지게 되자 어쩔 줄을 몰라 하는 김 부장이다.

"김 부장은 그만 놀라시고 이제 아까 나누었던 의견을 정리해 봅시다."

깨달음에 들기 전 서리 부족의 무기에 관해 나눈 대화를 말함이다. 그런데 김 부장이 살짝 당황한 표정이다.

"이미 그것에 관해서는 조치했습니다."

"조치하다니요?"

"영주님께선 3일 만에 깨어나셨습니다."

순백의 공간에 머문 것은 고작 몇 시간 정도로 느껴졌다.

그런데 벌써 3일이 지났다니 당황할 수밖에 없었다.

하기는 깨달음에 얻고자 보내는 시간은 찰나와 같을지라도 현실의 시간은 그렇지 않다는 것을 이미 겪어봤다. 예전과 비교하면 오히려 짧은 시간에 깨달음을 얻은 것이다.

그리고 예전에 강제로 각성을 시도할 당시 우연하게 연이은 깨달음이 찾아오면서 곧바로 5서클에 올랐다.

그때도 순백의 공간에 들어섰지만, 이번에 경험한 모습과는 달랐다. 당시에는 그저 하얀 벽으로 둘러싸인 공간일 뿐이었고, 이번엔 지식의 보고를 담은 서재의 모습으로 다가왔다. 게다가 서책을 읽을 수도 있었다.

물론 손에 잡히지 않는 서책이 대다수였지만, 중요한 건 깨달음의 단계가 높아질수록 볼 수 있는 서적의 양이 늘어날 것 같은 느낌이다. 그렇다면 순백의 공간은 뭘까? 무엇보다 궁금한 건 이것이다. 그저 깨달음의 순간에 이르면 들어서게 되는 공간인지, 아니면 수백 년 동안 내 영혼이 갇혀 지냈던 그곳인지. 그도 아니면 부족한 제자를 위해 스승님께서 영혼의 의식 속에 숨겨둔 안배인가?

갖가지 추측이 들었지만, 정해진 답은 없다.

아마도 그에 대한 해답을 구하려면 스승의 유산을 모두 내 것으로 만들고 나서야 가능하리라.

각설하고 깨달음을 얻을 동안 김 부장은 아론과 말리의 조언을 받아 오크 전사가 즐겨 사용하는 대검과 방패의 제작을 의뢰했다. 대검과 방패에 특별한 문양을 새겨 넣지 않았기에 형틀에 철을 부어 통짜로 검을 만들고 연마기로 날을 세우면 그만이었다. 검이 파손되지 않도록 열처리를 했음을 당연하다. 대검과 방패를 세트로 구성해 4천 세트를 만들어 달라는 주문을 넣어둔 것이다.

고민을 거듭했던 것과는 달리 이 세상에서 답을 찾자 서리 부족에 전해줄 무기는 어렵지 않게 준비됐다.

준비 상황을 듣고 난 후, 만족한 표정을 지어보이자 아론이 슬며시 의견을 냈다.

"영주님 드릴 말씀이 있습니다."

아론의 의견은 영지군에게 갑옷을 제공하자는 거였다.

시제품을 보니 강철의 강도도 뛰어나고, 공정 또한 대량 생산이 가능해 필요한 수량은 쉽게 확보가 가능하다고 판단한 것이다. 게다가 김 부장에게 듣기론 대량으로 주문하면 생산단가가 크게 떨어져 비용이 훨씬 저렴해진다.

"영지군은 이곳의 무기로 무장할 텐데 굳이 강철 갑옷이 필요하겠습니까?"

갑옷의 무게는 보통이 아니다. 당연하게도 영지군이 갑옷을 착용하게 되면 기동력이 떨어질 뿐만 아니라 소총으로 전투를 치르기가 불편할 것 같았다.

"소신도 모르진 않습니다. 다만 영주님께서 지적하신 바는 저쪽 세상의 갑옷을 착용했을 때가 아닙니까?"

"자세히 말씀해 보세요."

"이곳의 기술은 강철을 훨씬 얇게 만들면서도 아주 단단한 강도를 유지할 수 있다 합니다. 게다가 움직임이 원활하도록 그, 맞습니다. 공학적인 설계도 가능하답니다."

아론의 의도를 모르는 바는 아니다. 허나 저런 요구조건에 만족할만한 제품을 만든다면 가격이 저렴할 순 없다. 김 부장을 바라봤다.

그림을 그리다(1)

"단장님의 말씀이 맞습니다. 저쪽 세상에서는 불가능한 가공기술이지만, 이곳은 그리 어렵지 않습니다. 양쪽의 생산단가를 비교해 봐도 훨씬 저렴합니다."

"가격이야 그렇다 치더라도 움직임에 지장이 있으면 곤란합니다."

"통짜가 아닌 조각으로 만들어 이어붙이면 됩니다."

강철을 사각으로 작게 만든 다음 통짜가 되도록 잇는다는 뜻이었다.

"방어력을 유지하되 전혀 불편하지 않을 겁니다. 시제품을 만들어 줄 것을 요청했으니 나중에 보시고 결정하시면 될 겁니다."

영지군이 현대식 무기로 무장한다면 당연히 전술의 운용방식도 근접전을 피하는 방향으로 흘러갈 것이다. 그러나 전투를 치르다보면 언제든 예기치 못한 상황이 발생하고 부득이 근접전 또한 벌어질 것이다. 김 부장이 말한 갑옷을 착용한다면 그런 상황이 발생하더라도 피해가 크게 줄어든다. 영지군의 전력을 온전히 보존할 수 있다는 뜻이다.

"말씀대로라면 당연히 영지군에게 보급하겠습니다. 가격에 얽매이지 마세요."

결정을 내리자 아론과 말리의 표정이 활짝 펴졌다. 군부의 수장들답게 언제나 영지군의 전력을 향상시키기 위한 방안을 찾고 있다. 어찌 믿음직하지 않겠는가. 덩달아 미소가 나왔다. 그리고 김 부장에게 한 가지 더 부탁했다. 서리 부족장을 비롯해 족장의 친위대가 착용할 방어구를 추가로 주문한 것이다.

대검과 방패에 이어 갑옷까지 준비한다면 그에 대한 대가로 받게 될 보상이 꽤나 클 터였다. 당면한 문제에 관한 회의를 마무리하고 사흘정도 자리를 비우기로 했다.

깨달음을 얻으면서 느끼게 된 일곱 번째 고리를 오롯이 내 것으로 만들기 위한 과정임을 모르지 않기에 모두가 흔쾌히 동의했다.

곧바로 차원홀이 있는 동굴로 이동해 명상에 잠겼다.

*　*　*

강남에 위치한 태평각.

옛 임금의 교자상을 받아든 강만수가 식사를 즐겼다.

이어서 나온 수정과를 마시며 아주 흡족한 표정으로 살짝 고개를 끄덕이자 한복을 곱게 차려입은 여인이 미닫이문을 열고는 자리를 비켰다. 맞은 편 방의 정경이 드러났다. 강만수와 가까운 곳 좌우로 최대의 공권력을 이끄는 김태영과 이길수가 위치했고, 아래로 백상어파 보스 이기백을 비롯해 서울의 주먹계를 이끄는 보스들이 자리했다. 강만수가 다시금 고개를 끄덕였다.

"동대문파를 이끄는 오형국입니다."

"영등포 김경수입니다."

"강북의 백성현입니다."

"어르신께 인사 올립니다."

서울의 3대 주먹인 동대문파와 종로파, 강서파를 이끄는 자들이 각자 소개와 함께 인사를 올리자 하부조직의 보스들이 뒤를 이었다. 마치 서울의 조직이 강만수에게 충성맹세를 하는 분위기다. 아니, 충성맹세가 맞았다. 5선 의원이자 현 여당의 실세라면 조직의 뒷배로 더할 나위없다. 게다가 조직들에겐 저승사자나 다름없는 두 거대 공권력을 이끄는 수장까지 함께했다. 안전이 보장된다면 그까짓 충성 맹세야 얼마든지 할 수 있는 게 작금의 주먹들이다.

"어르신께 의탁하고자 준비한 겁니다. 받아주십시오."

주먹들을 대표해 강북파를 이끄는 백성현이 열쇠를 건넸다. 태평각 주차장에 세워놓은 1톤 탑차의 열쇠였다.

"고맙게 쓰지."

"영광입니다."

백성현의 뒤를 이어 김경수가 나섰다.

"어르신의 행보에 소소한 보탬이라도 되자는 뜻에서 저희들이 큰 것을 준비하기로 했습니다."

대선자금을 말하는 것이다. 바깥에 세워진 탑차에 들어 있는 현금만 백억, 대선자금으로 천억을 준비하겠다는 말에 강만수의 표정이 환해진다. 안 그래도 대선을 준비하는 선거조직의 비용이 몽땅 털렸다. 표현하지는 않았지만 선거준비에 상당한 차질을 빚고 있었다. 솔직히 푼돈이라도 아쉬운 게 현재 처한 사정이었다. 그런데 마치 속사정을 알기라도 하듯 운용자금을 상납하고, 그것도 모자라 대선에 사용할 자금까지 충당하겠다는 의미였다.

이기백이 썩 괜찮게 일처리를 했다는 뜻이다.

이럴 땐 약간이라도 칭찬을 해주어야 개들은 더욱 꼬리를 흔들며 충성한다.

"국가를 위해 큰 결단을 내려주다니… 내 고맙게 받겠네."

보스들을 대하는 말투를 조금 더 부드럽게 하며 노고를 치하했다.

"이곳은 수정과가 좋다네. 모두 한번 들어들 보게나."

"감사합니다."

"허면 이야기들 나누시게."

충성을 바칠 상대가 누구인지 알려주자는 의미에서 얼굴을 비추었고, 약간의 노고에 대한 대가는 역시나 컸다.

검은 세상에서 살아가는 개들의 충성 맹세를 비롯해 충분한 자금까지 확보하게 된 것이다. 남은 건 대선 자금을 털어간 것으로 생각되는 강철파라는 조직을 일소하고 우두머리를 잡아들이는 것이다. 놈을 생각하자 다시금 부들부들 치가 떨렸다. 어떻게 생긴 놈인지는 모르지만, 친히 찢어죽이고 말겠다는 다짐을 하며 태평각을 나섰다.

* * *

명상을 통해 순백의 공간에서 탐독했던 마법서를 다시금 되새겼고, 호흡을 통해 어둠의 마나를 받아들이며 흐릿한 고리를 단단하게 만들었다. 예상대로 사흘째가 되자 일곱 번째 고리가 온전한 모습을 갖추었다. 완전한 7서클에 오른 것이다. 마법을 발현하자 심장에 새겨진 일곱 번째 고리가 맹렬히 공명하며 일곱 개의 어활이 당당히 모습을 드러냈다. 이전에 생성된 어둠의 화살이 그저 검은 구체였다면 지금의 어활은 검다 못해 빛이 날 정도로 묵빛이었다. 파괴력이 더욱 진해졌다는 뜻이다.

어활을 던지자 엄청난 속도로 뻗어가며 정확히 목표물을 타격했다. 절로 고개가 끄덕여졌다. 7서클 마법도 무난하게 운용할 수 있게 된 것이다. 이정도면 만족할 정도였기에 명상을 끝내고 회사로 이동했다. 헌데 응당 기다리고 있어야 할 아론과 말리가 보이지 않았다. 처음엔 김 부장을 데리고 주변을 둘러보러 나간 것으로 생각했지만, 퇴근 시간이 되도록 돌아오지 않아 연락을 취했다.

"김 부장입니다. 대표님."

"멀리 나가신 모양입니다."

"아닙니다. 강철파에 일이 생겨 두 분을 모시고 왔습니다."

"허면 그곳 사무실 입니까?"

"예. 지금 회의 중입니다."

강철파에 일이 생겼다는 것은 다른 조직과의 전쟁이 임박했다는 뜻이다. 곧바로 강철파로 이동했다. 김 부장의 말대로 모두가 사무실에 모여 의견을 주고받고 있었다. 사무실에 들어서자 모두가 일어나기에 손을 휘저어 그냥 앉으라는 시늉을 보내며 대근에게 물었다.

"놈들이 움직이는 거야?"

"그렇습니다. 백상어파를 비롯해 강서파와 종로파, 동대문파가 연합하면서 서울의 군소조직들을 끌어들였습니다."

"호! 그럼 서울의 주먹들이 죄다 모인 거야?"

"그렇게 보셔도 무방할 겁니다."

"근데 강철파가 그들에게 위협을 줄 정도로 강한 거였어?"

"아마도 백상어파가 힘도 못써보고 무너진 게 원인 같습니다."

"뭐, 한번에 쓸어버릴 수 있어 좋기는 한데… 경찰이나 검찰은?"

강철파 조직원의 규모는 백 명이 넘는다. 게다가 조직 간의 다툼이 벌어지고도 강철파만 잡아들인다면 의심을 받을 수 있다. 그래서 협의된 게 타 조직에서 하부 조직원을 넘겨받는 것이다. 대규모 조직원을 연행하는 만큼 적어도 이백 명에 달하는 경찰 병력이 동원된다고 홍철이 알려왔다. 종합해보면 이번에 동원되는 연합조직의 규모가 최소 오백 명은 넘을 것으로 보였다.

상당히 바쁘게 생겼다.

다만 문제라면 조직 간에 싸움을 벌일 장소다.

이 세상은 누구나 스마트폰이라는 기기를 가지고 다니기에 도심 한복판에서 싸움이 벌어진다면 이쪽의 움직임이 들통 날 우려가 있다. 말도 안 되는 아론과 말리의 능력, 제압당한 조직원이 소리 없이 사라지는 광경을 누군가가 촬영이라도 하는 날엔 큰 이슈로 부각될 것이다.

안 그래도 불사조기사단에서 주시하는 상황에 초인의 능력과 마법이 드러나서는 좋을 게 없다.

움직임이 크게 제한 될 수밖에 없는 이유다.

"전쟁을 벌일 장소가 어디야?"

"아직 정해진 곳은 없습니다."

대근은 도심 외곽에서 싸움이 벌어질 것으로 추측했다.

도심에서 각종 연장을 든 수백 명이 싸움을 벌인다면 대번에 난리가 날 것이다. 제아무리 경찰과 검찰을 동원할 수 있는 자라도 온 국민의 관심사가 집중된 사건이라면 원하는 대로 일을 처리하기가 어렵다. 게다가 놈의 정적이 관심을 가진다면 강철파 뿐만 아니라 싸움에 참여한 조직들의 안전도 장담하지 못한다. 대근의 추측대로 놈들은 백상어파를 내세워 일전을 벌이자는 제안을 해올 것이다. 물론 놈들이 유리한 장소를 선정한 후에 말이다.

부르르르! 부르르르!

그때, 대근의 전화기가 진동했다.

발신자 표시제한이 걸린 전화였지만, 혹시나 놈들일 수 있기에 전화를 받도록 했다. 대근이 스피커폰으로 전환한 후에 통화 버튼을 눌렀다.

"여보세요!"

"나다. 내일 저녁이다."

상대는 간단한 말만 전하고는 전화를 끊었다.

"누구야?"

"홍철입니다."

예상이 빗나갔다. 놈들은 주변의 시선조차 아랑곳하지 않겠다는 뜻이었다.

"세게 나오네."

할 일이 많아졌다.

일반 시민들의 시선을 따돌린 채 놈들을 모두 데려갈 방법을 모색할 수밖에 없었고, 데려갈 숫자가 많은 만큼 주변을 탐색해 이동 마법진도 미리 그려두어야 한다.

"주변을 살펴보고 올 테니 놈들을 어떻게 맞을 건지 의논해봐."

그렇게 말하고는 밖으로 나왔다. 밖은 이미 어둠이 내렸고, 또 다른 세상이 불야성을 이루며 거리를 헤매는 수많은 인간을 유혹하기 시작했다.

*   *   *

다음날. 강철파 조직원에게 내려온 지시는 영업장에 나가지 말고 안전한 곳에 머물라는 것과 별도의 연락이 있을 때까지 대기하라는 명이었다. 그래서인지 영업장의 모습은 평소와 달랐다. 업주가 고용한 직원들과 몇몇 알바생만 손님을 맞이하고 있었다. 그리고 늦은 오후가 되자 각종 연장을 챙긴 덩치들이 대형 버스와 봉고차량에 나누어 탄 채 강철파가 있는 강남으로 이동하기 시작했다. 평소에도 복잡한 강남 일대가 갑자기 늘어난 대형버스와 수십 대의 차량들로 인해 더욱 정체를 빚었다. 그리고 도로변에 정차한 차량을 유심히 지켜보는 자들이 있다.

"워메! 많기도 합니다."

"적어도 오백은 될 거라더니 더 되는 것 같지?"

"예, 형님. 대충 계산해도 육백은 넘습니다."

"뭐, 1대6 정도면 해볼 만하지."

"그래도 너무 많지 않을까요?"

"야! 큰형님 실력 안 봤냐? 우리 같은 놈 백 명이 덤벼도 못 이겨. 거기다 일당백의 형님들이 열이 넘는데 뭐가 걱정이야."

"하긴, 전설의 주먹들도 형님들의 상대는 아니죠."

"당연하지. 그만큼 자신이 있으니 우리더러 뒤로 빠지라는 거잖아. 걱정 말고 보고나 해."

곳곳에 나가있는 정찰조로부터 쉴 세 없이 소식이 전해졌다. 연합한 조직원들이 차량을 이용해 속속들이 도착한다는 보고다.

"놈들이 눈치 채면 안 되니 평상시처럼 행동해."

"염려 마십시오, 형님."

기습에 대비하고 있다는 것을 상대가 몰라야 하기에 행동대장들이 돌아다니며 조직원들을 다독였다. 그리고 주변이 어둠으로 물들고 휘황찬란한 네온사인이 거리를 밝힐 즈음 도로변에 주차중인 차량에서 수십 명의 덩치들이 내렸다. 품속에 시퍼렇게 날이 선 칼이며 도끼를 숨긴 자들이 태반이고 시커먼 천으로 둘둘 말린 쇠파이프를 쥔 자들이 태반이었다. 혼자 혹은 서너 명씩 무리를 지은 덩치들이 향하는 곳은 4층 높이의 상가건물, 오늘밤 피로 물들게 될 강철파였다.

그림을 그리다(2)

"기습을 모르는 것 같지 않소?"

동대문파를 이끄는 오형국이 강철파 아지트를 가리키자 종로파 두목 백성현이 말을 받았다. 그가 보기에도 강철파는 기습에 대한 어떠한 대비도 하지 않아보였다.

"그런 것 같습니다. 아주 평화로워 보입니다."

백상어파는 강철파의 전력을 결코 무시할 수 없다고 몇 번이고 강조했다. 실제로 강철파는 소수의 인원으로 백 명이 넘는 백상어파를 박살냈다. 연합조직이 긴장할 수밖에 없는 이유다. 그래서 조직의 정예들을 이끌고 이곳에 왔지만, 너무도 평화로워 보이는 강철파의 모습을 보고는 다소

나마 긴장감이 풀어졌다. 그때, 반대쪽을 맡기로 한 강서파에서 준비가 끝났다는 연락이 왔다.

"짭새는 어찌한답니까?"

"싸움이 시작되면 이기백이 연락할 겁니다."

"끝날 때 쯤 도착한다는 말이군. 허면 시작합시다."

오형국이 손을 들자 가장 먼저 동대문파가 강철파를 향해 전진했고, 종로파가 뒤를 따랐다. 통상 싸움이 시작되면 크게 함성을 내질러 기세를 올리지만, 지금은 기습이었기에 소리 없이 다가서는 것이다. 강철파가 가까워지자 연합 조직원들이 품속에 숨겨둔 칼이며 도끼를 꺼내들었고, 쇠파이프를 두른 검은 천을 벗겨냈다.

"기습이다."

각종 연장을 든 수십 명의 덩치가 다가오는 것을 목격한 강철파 조직원이 깜짝 놀라며 소리쳤다. 그리고는 황급히 건물 안으로 도망쳤다. 입구를 지키던 조직원의 행동으로 보아 기습은 성공한 것이나 다름없었다. 강철파는 공격에 대비할 수 있는 여유 같은 건 이미 사라졌다. 지금부터 필요한 건 압도적인 숫자로 밀어붙이며 힘으로 찍어 누르는 것뿐이다.

"달려!"

선두에서서 동대문파를 이끄는 행동대장이 크게 소리쳤다.

"이야아!"

"우아아!"

연합한 조직원들이 커다란 함성을 지르며 입구를 향해

달려갔다. 수하들의 모습을 지켜보던 오형국이 비릿한 미소를 지었다. 이번 싸움에 투입된 연합조직의 규모는 무려 육백 명이 넘는다. 그에 반해 알려진 강철파의 규모는 백 명 내외. 여섯 배가 넘는 압도적인 규모를 막아내기 위해서는 좁은 입구를 폐쇄한 후, 시간을 벌어서야 했다.

그런 후 싸울 것인지 도망칠 것인지 판단해야 하고.

헌데 기습에 놀란 강철파 조직원은 문을 열어둔 채로 도망쳐 버렸다. 그것으로 끝이었다.

싱거운 싸움이 될 것이고, 오래지 않아 결과 또한 전해질 것이다. 물론 승리라고 확신했다. 선두에 선 수하들이 활짝 열린 출입구를 통해 물밀듯이 들어가는 모습을 보고서는 조용히 담배를 물었다. 폐부 깊숙이 들이마신 연기를 길게 내뿜자 오늘따라 담배 맛이 더욱 진했다.

*　　*　　*

하루 전.

주변을 둘러보고 내린 결론은 시민들의 시선을 피해 수백 명이나 되는 인원을 이동시키는 것은 불가능하다는 것이었다. 그래서 고민 끝에 놈들을 끌어들이기로 했다.

아론과 말리 또한 장소에 구애받지 않았다.

오히려 확 트인 장소보다는 협소한 곳이 다수의 적을 제압하기가 용이하다며 의견에 적극 동조했다. 방안이 정해지자 지하 1층과 지상 4층에 이동 마법진을 그렸다.

그런 후, 놈들이 다른 곳으로 흩어지지 않도록 환영 마법진을 이용해 곧바로 지하와 4층으로 향하도록 했다. 그리고 오늘 홍철로부터 놈들이 움직인다는 소식이 전해지자 주변을 살필 수 있는 건물 옥상으로 자리를 옮겼다.

지휘부가 될 옥상엔 이미 편하게 주변을 살펴볼 수 있도록 의자까지 준비해 두었다.

"오! 언제 이런 걸 준비해 놨어?"

세세한 것까지 신경 써주는 대근이 마음에 들어 다소 놀란 표정을 지어보였다.

"앉아서 커피나 한잔 할까요?"

"저희야 감사하지요."

탁 트인 주변의 정경도 나쁘지 않았고, 커피를 마시며 지옥의 아가리로 들어올 놈들을 기다리는 것도 멋진 그림이 되지 싶었다.

"정말이지 볼수록 놀라운 세상입니다."

지나가는 행인들을 구경하던 아론의 말이었다.

"어떤 점이 그렇습니까?"

"콕 집어 말씀드리기 보다는 모든 게 그리 보입니다. 특히나 영주님께서 발전소 공사에 과할 정도로 얽매이시는 연유도 알게 됐습니다."

"그래요?"

아론이 미소를 지었다.

"제 생각엔 전기라는 게 이 세상을 움직이는 심장이 아닐까 합니다."

"정확히 보셨습니다. 이곳의 기술문명을 가져가기 위해서는 전기를 생산할 수 있는 시설이 필요합니다. 그게 지금 건설 중인 발전소고요."

때마침 어둠이 내리며 거리마다 늘어선 가로등이 하나둘 불을 밝히기 시작했다.

"발전소를 통해 전기를 생산하게 되면 영지의 밤도 이곳처럼 변할 것입니다."

"안 그래도 그런 상상을 했습니다."

아론만이 아니다. 양쪽 세상을 오갈 때마다 매번 그려보는 영지의 미래 모습이다.

"놈들이 움직이려는 모양입니다."

마침내 주변 일대에 나가있던 수하들로부터 보고가 이어졌다. 놈들의 움직이기 시작했다는 뜻이다.

"허면 저희도 준비하겠습니다."

"조심하시고요."

"충!"

아론과 말리가 예를 취한 후, 지정된 장소로 이동했다.

말리는 초인이 된 조직원 둘을 데리고 지하로 이동해 놈들을 맞이하고 아론은 4층에서 격한 환영식을 베풀게 된다. 김 부장 또한 마나를 다루게 된 조직원 여섯을 데리고 차원홀이 있는 동굴에서 대기 중이다. 그리고 대근은 연합 조직을 이끄는 우두머리를 제압하는 역할을 맡았다. 놈들을 맞이할 준비를 끝내자 각종 연장을 든 수백 명의 덩치들이 모습을 드러냈고, 잠시 후, 함성을 지르며 이곳으로 달려왔다. 활짝 열린 출입구를 통해 가장 먼저 건물로 들어선 동대문파는 두 패로 나뉘어졌다. 그들을 보자마자 도망치는 강철파 조직원을 쫓아 한 무리는 지하로, 한 무리는 2층으로 향했고, 뒤이어 들어선 다른 조직은 동대문파를 따라 자연스럽게 나누어졌다. 그리고 그들을 맞이한 건 떡 벌어진 어깨에 척 봐도 돌덩이처럼 단단한 우락부락한 근육을 가진 거구였다. 게다가 갈색머리에 파란색 눈동자의 서양인이다. 예상치 못한 전개였지만, 현대의 조직들도 국제화를 이룬지 오래다. 갈색머리의 외국인이 강철파에 몸담지 말라는 경우 또한 없다.

"잡아!"

행동대장의 외침에 시퍼렇게 날이 선 칼을 앞세운 동대문파 조직원이 일제히 달려들었다.

선두에 선 수하 둘이 마치 약속이라도 한 듯 각각 좌우를 점하며 칼을 찔러갔다. 싸움을 아는 자라면 누구라도 감탄할 정도로 빠르고 간결한 동작이다.

툭!

탁!

그러나 상대는 제자리에 선채 양손으로 찔러오는 칼을 살짝 건드려 방향을 바꾸고는 마치 뱀이 먹이를 휘감듯 수하의 손목을 감싸 그대로 당긴다.

이화접목에 이어 사량발천근의 원리를 가미한 것이다.

"컥!"

"억!"

수하들이 짧은 신음을 내뱉음과 동시에 상대의 뒤쪽으로 날아가 처박혔다. 움직임이 없는 것을 보니 이미 기절한 것이 분명했다. 뒤이어 다른 수하가 도끼를 휘두르며 다가서자 이번엔 한걸음 이동해 수하에게 접근한 다음 멱살을 쥐고는 던져버린다. 역시나 처박힌 수하는 어떠한 움직임도 없다. 동대문파 행동대장 진상은 상대의 움직임이 경악스러웠다. 아니, 솔직히 두려웠기에 계속해 수하들을 밀어 넣었다. 그래야만 일말의 허점이라도 찾을 수 있을 것 같아 잠시의 틈도 없이 수하들을 동원해 공격을 이어갔다. 그러나.

"씨발! 저게 인간이야?"

도대체 말이 되지 않았다. 자그마치 육십 명이다. 각종 연장을 든 육십 명에 달하는 수하가 모두 쓰러졌다.

그럼에도 저 인간은 마치 헐크라도 되는 냥 일말의 지친 기색도 없이 수하들을 기절시키고는 뒤로 던져버린다.

도저히 싸울 엄두조차 나지 않았다. 그렇다고 도망칠 공간도 없다. 계단을 내려온 종로파 조직원들이 쉼 없이 들이닥치고 있었기 때문이다.

"땀 식는다. 빨리 와라!"

"개새끼가 뭐라는 거야?"

살짝 주춤거렸더니 놈이 영언지 불언지는 모르겠지만, 알아들을 수 없는 말로 지껄이기에 욕설을 내뱉었다.

사실 두렵고 짜증나서 그랬다. 그런데.

"뭐라? 개새끼? 이런 오크 불알만도 못한 잡종새끼가!"

"헉!"

씨발! 좆 됐다. 헐크 같은 놈이 한국말을 할 줄 알았다.

더구나 이제까지와는 다르게 찌릿찌릿한 기세가 온몸을 옥죄는 느낌이 들었다.

순식간에 몸이 반응하며 아랫도리가 축축해졌다.

저벅! 저벅! 저벅!

놈이 한 걸음씩 내디디며 다가올 때마다 걸음 소리에 맞추어 찔끔거린다.

이미 몸뚱이는 내 것이 아닌 듯 통제를 벗어났다.

빠각!

유리조각도 씹어 먹던 이빨이 우수수 깨져나가는 소리와 함께 몸뚱이가 붕 떴다. 그리고 "예순 두 놈 쨉니다."라는 외침을 들으며 정신을 잃었다.

차원홀이 소재한 동굴.

이곳에 배치된 김 부장과 여섯 명의 조직원은 잠시도 쉴 틈이 없을 정도로 바빴다. 마법진이 번쩍일 때마다 두 명 혹은 세 명씩 기절한 상태로 모습을 드러냈다. 처음엔 기절한 놈들을 조심히 다루며 힘이 들더라도 어깨에 둘러메고서 차원홀에 던져 넣었다. 하지만 보내져오는 숫자가 늘어나면서 점차 힘이 부치기 시작했다.

어쩔 수 없이 인간이 아닌 물건으로 취급하며 한번에 두 놈씩 질질 끌고서 차원홀로 이동할 수밖에 없었다.

"아우! 이건 뭐 택배 회사에 취직한 것 같네."

"크크크, 그래도 물건처럼 분류는 안하잖아."

준섭이 투덜거리며 끌고 온 놈을 던지자 철진이 웃으며 답했다. 그러면서 끌고 온 놈을 발로 차서 차원홀에 밀어 넣었다.

"야! 험하게는 다루지 마. 나중에 같은 식구가 될 놈들이야."

"아! 미안. 그 생각은 못했네."

답은 그렇게 하면서도 발로 차서 밀어 넣는 철진이다.

차원홀이 소재한 지하공동. 이곳의 담당자는 헤론이다.

김 부장 팀과는 다르게 테론은 여유롭기 그지없다. 흔들 의자에 앉아 커피를 홀짝이며 전공서적을 펼쳐둔 채 열공 중이다. 물론 차원홀이 뱉어내는 연합 조직원들을 서리 부족으로 옮기는 작업도 소홀히 하지 않는다. 다만 작업 방식이 다를 뿐이다. 힘들게 끌고 가는 게 아니라 책에 시선을 둔 채 그저 틱! 하고 손가락만 튕기고 있다.

그럼에도 기절한 조직원이 허공에 떠오른 후, 마치 구름이 흘러가듯 맞은편에 설치된 게이트로 빨려 들어간다.

"하암!"

가끔씩 책에서 눈을 뗄 때면 하품을 내뱉으며 지겨운 표정을 짓기도 했다.

강철파 정문 종로파와 동대문파.

선두에선 동대문파를 따라 마지막 남은 종로파 조직원이 모두 들어갔다. 압도적인 규모로 기습했지만, 계속해 들려오는 비명소리로 보아 여전히 싸움이 벌어지고 있다.

순식간에 끝나리라 생각했지만, 예상을 벗어났다.

더구나 소식을 전해야 할 놈들도 나오질 않는다.

"생각보다 놈들의 저항이 거센 것 같은데."

동매문파 보스 오형국이 미간을 좁혔다.

"조금 더 기다려 봅시다. 그래도 연락이 없으면 들어가 야겠지요."

오형국과는 달리 종로파 보스 백성현의 표정은 심각했다. 백상어파를 제외하더라도 이미 서울을 대표하는 3대 조직과 하부 조직원 수백 명이 건물로 들어간 상황이다. 그럼에도 싸움이 끝나지 않는다는 것은 강철파의 전력이 심상치 않다는 반증이다. 게다가 결코, 쉽게 생각해서는 안 된다는 이기백의 경고가 자꾸만 떠올랐다. 설마 하는 생각이 들었지만, 애써 무시한 채 연락을 기다렸다.

그러기를 한참 후.

"에이! 들어가 봅시다. 이거 답답해서 안 되겠네."

조금씩 비명이 잦아들었음에도 소식이 없자 참지 못한 오형국이 남은 수하들을 이끌고 강철파를 향해 걸음을 옮겼다.

"으음……."

들어가기가 망설여지는 백성현이었지만, 이내 고개를 저었다. 냉정하게 생각해보면 제아무리 싸움의 달인이라도 날선 칼과 도끼, 쇠파이프를 휘두르는 육백이 넘는 조직원을 감당할 순 없다. 싸한 기분이 들었음에도 결국, 오형국의 뒤를 따랐다.

그림을 그리다(3)

 강철파 후문 백상어파.

 강서파 보스 김경수가 수하들을 이끌고 후문을 통해 난입했고, 동대문파와 종로파가 정문을 통해 들이쳤다. 비명이 끊이질 않는 것으로 봐선 싸움이 꽤나 치열한 것을 알 수 있다. 사실 이런 때일수록 손을 보태는 게 당연하지만 백상어파는 여전히 움직이지 않고 상황만 살피는 중이다. 물론 이전의 이기백이라면 이런 행동을 취하진 않았다. 그는 싸움에 있어서만큼은 그 어떤 자보다 다혈적인 인간이니까. 허나 강철파를 상대로는 그런 이기백도 조심할 수밖에 없었다. 이미 몇 배가 넘는 인원을 동원하고서도 조직이 와해될 정도로 처참하게 당한 기억이 선명하게 남아 있기 때문이다.

"어떤 것 같아?"

"보이질 않으니 뭐라고 말씀드리기가 곤란합니다."

"아무래도 그렇지?"

"예, 보스."

곁에선 수하들도 강철파가 만만하지 않다는 걸 뼈저리게 느꼈다. 그래서인지 연합한 조직의 규모가 압도적임에도 선뜻 결론을 내리지 못했다.

"살짝 살펴본 다음 움직이는 게 어떻겠습니까?"

이기백이 고개를 끄덕였다. 아무래도 불안했기에 상황을 파악한 후, 행동을 결정하는 게 합당할 것 같았다.

"가자!"

이기백이 수하들을 이끌고 활짝 열린 출입구를 향해 다가갔다. 그리고 들어선 입구.

"음……."

솔직히 이상했다. 이미 수백 명이 들어가 싸움을 벌였음에도 부상자는 고사하고 칼부림이 난 흔적조차 보이지 않았다. 황당할 정도로 1층은 깨끗했다.

"컥!"

"억!"

다만 간간히 들려오는 비명소리가 이곳에서 싸움이 벌어지고 있다는 것을 알려준다. 만약, 비명마저 없었다면 이곳에서 칼부림이 벌어졌다는 사실을 그 누구도 믿지 않을 것이다.

 강철파 옥상.
 느긋이 커피를 마시며 불나방처럼 지옥의 아가리를 향해 달려오는 연합파 조직원들을 보고 있으니 절로 미소가 나온다.
 "흐뭇하신 것 같습니다."
 웃는 모습을 본 대근의 말이다.
 "그렇게 표가 나?"
 "예. 주군."
 "그럼, 내가 왜 기분이 좋을까?"
 갑작스러운 질문에 잠시 당황한 대근이었지만, 이내 생각을 정리한 듯 답한다.
 "저놈들 모두가 주군의 손발이 될 자들이기 때문이 아닙니까?"
 이미 저놈들의 정신을 개조할 준비를 끝내두고 온 것을 아는 듯 대근이 정확한 답을 해왔다.
 "맞아. 네 수하가 될 타나리스 기사단의 신입들이기도 하고."
 "감사합니다. 주군."
 "감사는 개뿔, 할 일만 늘어난 거야."
 "……!"
 "그리고 이번일이 끝나면 강철파는 해체되는 거 알지?"
 "김 부장에게 들었습니다."

"서운해?"

"주군께서 결정하신 일입니다."

"싱겁기는."

강철파 조직원들은 모두 경호업체 직원으로 등록되고 매달 급여도 지급 된다. 공식적인 무력단체를 손에 쥔다는 뜻이다.

"네 꿈이 주먹계를 일통하는 거였지?"

"예전엔 그랬습니다."

"지금은 아니고?"

"조직을 해산하신다고……."

"그건 맞아. 앞으로는 드러내놓고 움직일 무력 단체가 필요해. 그런데 말이야, 나처럼 권력을 가진 자들에겐 정적을 제거하기 위한 은밀한 수단도 필요하거든."

"무슨 말씀이신지……."

"음지에서 움직이는 세력도 필요하다는 거야. 그리고 그 역할은 당연히 부단장인 네가 맡아야지."

연합파 조직원들과는 별개로 기존의 강철파 조직원들도 저쪽 세상에서 훈련을 받아야 한다. 물론 교관은 영지에 있는 삼족오기사단이다. 강철파 조직원들은 테론의 비법을 이용해 아론이 직접 초인으로 만들어 준 후, 대략 석 달 정도 마나를 다루는 훈련을 시키기로 가닥을 잡았다. 그 정도만으로도 이곳에선 적수가 없을 터, 대근이 그들을 데리고 주먹계를 일통하는 것도 어렵지 않을 것이다.

설명을 듣고 난 대근의 표정이 환해졌다. 강철파가 해체되더라도 타나리스 기사단이라는 초인군단을 거느리고 꿈을 이룰 수 있게 된 것이다.

"허면 장악한 조직을 관리하는 것도 중요하겠습니다."

두말하면 잔소리다. 타나리스 기사단을 만든 이유가 손발로 사용하기 위해서다. 정적을 제거하는 것은 물론이고 일통한 조직을 관리하는 것에서부터 하부조직에서 벌어들이는 돈까지 수중에 넣고자 함이다.

"물론이지. 앞으로 해야 할 일이 더욱 많아질 거야."

"얼마든지 맡겨주십시오."

자신 있게 답하는 것을 보니 어지간히 기분이 좋은 모양이다.

"그런데 이기백이라는 놈은 왜 안 보여?"

타 조직을 이끄는 두목들이 지옥의 아가리로 들어오는 것은 확인했다. 놈들에겐 아주 특별한 대접을 받도록 밧줄로 만든 튼튼한 목걸이를 선물했으니 캉그르가 알아서 할 것이다. 다만 이곳에서 움직이지 않고 기다리는 것은 서울을 대표하는 조직은 물론이고 공권력까지 동원한 놈을 찾기 위해서다.

그러기 위해선 백상어파를 이끄는 이기백이 필요하고.

"저놈이 이기백입니다."

말하기 무섭게 놈이 모습을 드러냈다. 대근이 가리키는 곳, 수하들을 이끌고 은밀하게 다가오는 놈이 보였다.

"뭐가 저리 소심하게 움직여?"

이미 지옥의 아가리로 들어온 다른 놈들과는 다르게 백

상어파를 이끄는 이기백이라는 놈은 마치 살얼음판을 걷듯 조심스러운 행보를 보였다.

그렇게 옥상에서 지켜보기를 한참 후, 마침내 이곳에 다다른 이기백이 수하들을 앞세운 채 활짝 열린 출입구를 통해 1층에 들어섰다. 하지만 분위기를 보아하니 조금이라도 이상한 낌새가 보이면 줄행랑을 칠 기세였기에 서둘러 계단으로 달려가는 대근이었다.

"어디가?"

"예?"

"도망가기 전에 잡아야지?"

손가락으로 옥상 너머를 가리켰다.

"여긴 4층입니다."

"안 죽는다. 그냥 뛰어라."

훌쩍 뛰어내리는 대근을 보니 아론만큼 우직하다는 느낌이 들었다. 남은 커피를 마시고는 계단으로 걸음을 옮겼다.

"음……."

1층에 들어선 이기백이 이상하게 느낀 점은 또 있었다. 눈앞에 보이는 내부 구조가 이상하다는 사실이다. 일반적인 건축물의 1층 로비와는 다르게 이곳은 2층과 지하로 향하는 계단을 제외하고는 사방이 전부 막혀 있다.

앞서 들어온 자들은 이 사실을 몰랐을까, 아니면 알고도 무시한 것일까?

"너흰 지하로 가서 살펴보고, 넌 2층으로 올라가봐. 상황만 살펴보고 바로 와."

"예, 형님."

느낌이 좋지 않았기에 수하들을 먼저 보내 살펴보라는 지시를 내렸다. 그런데.

"아악!"

"악!"

지하로 내려가던 수하들이 짧은 비명을 질렀다. 역시나 느낌은 정확했다. 애초부터 4층짜리 건물에 수백 명이 들어가고도 별다른 흔적을 남기지 않은 것부터 이상했던 것이다. 이곳은 강철파가 연합한 조직을 끌어들이기 위한 함정이었다.

"어떤 새끼야?"

이기백이 금방이라도 죽일 것 같은 표정으로 수하들을 쏘아봤다. 서울의 조직이 연합해 강철파를 습격한다는 정보가 누설됐다는 사실을 알아챈 것이다.

"나다, 새끼야!"

들려온 목소리를 따라 백상어파 조직원들의 시선이 일제히 입구로 향했다.

"지옥에 온 것을 환영한다. 기백아! 하하하하!"

대근이 팔짱을 낀 채 큰소리로 웃었고, 그런 대근을 바라보는 이기백은 똥 씹은 표정을 지었다. 1층에 들어서고 얼마 지나지 않아 입구를 막아섰다는 것은 기다리고 있었다는 뜻이다. 추측대로 수하들 중 누군가가 배신했다는 게 사실로 드러났다. 하지만 절망에 휩싸여야 할 이기백의 표정은 느긋했다. 내심 놀라기는 했지만, 입구를 막고 있는 건 대근 혼자라는 것을 간파한 것이다. 지금이 기회였다. 다른 놈들이 오기 전에 입구를 뚫고 나가면 될 일이었고, 동시에 배신자 또한 알 수 있을 것이다.

"잡아!"

이기백이 소리치자 백상어파 행동대장들이 일제히 대근을 향해 움직였다.

"후우!"

이기백이 한숨을 내뱉었다. 다행히 조직을 지탱하는 행동대장들은 명을 내리기 무섭게 대근을 향해 달려간 것이다. 그렇다면 행동대장들은 배신자가 아닐 확률이 높았다.

"엉?"

하지만 그렇게 생각한 것도 잠시, 이기백의 눈동자가 심하게 요동쳤다. 조직을 지탱하는 행동대장들이 대근과 싸우기는커녕 악수를 나누고는 출입문마저 닫아버렸다.

"너, 너희들······."

너무도 황당하고 어이가 없어 제대로 말조차 내뱉지 못했다.

"다 자업자득이니 놀랄 것도 없잖아."

홍철이 경멸스럽다는 듯 비릿한 표정으로 말했다.

"무슨 소리냐?!"

"쯧쯧! 몰라서 물어? 수하들을 사지에 처박아두고 네놈만 살고자 도망쳤잖아."

대근이 혀를 차며 일침을 가했다.

"그때는… 시발! 그래. 다음을 기약하려니 어쩔 수 없었다!"

"그래도 부정은 안하네."

"하하하! 그래. 인정해. 그렇다고 조직을 배신해?! 아! 강철파가 이겼다고 생각했겠군. 그런데 어쩌나? 이곳에 있는 깡패새끼들을 깡그리 잡아넣을 저승사자들이 오는 중이거든."

"오! 기백이 박력 있네."

계단을 내려오면서 들으니 제법 재미가 있었다.

흥미가 동해 대화에 끼어들었더니 대근과 나란히 선 백상어파 행동 대장들이 일제히 인사를 해왔다.

"그래. 모두들 수고했다."

"감사합니다."

갑작스럽게 등장한 자를 향해 대근은 물론이고 백상어파 행동대장들이 일제히 고개를 숙이자 이기백이 멍한 표정을 지었다.

"기백아, 전혀 상황파악이 안 되지?"

"넌 누구냐?"

"글쎄, 내가 누굴까? 그래, 네놈 뒤에 숨어서 이 짓을 벌이는 놈과 비슷한 부류지."

"무슨 말이냐?"

"야야! 선수끼리 모른 척 할 필욘 없어. 그보다 묻고 싶은 게 있어 기다렸는데 조금 늦었네. 하하하!"

"이 새끼가……."

"워워, 화내지 말고 기다리던 나를 생각해서 조용히 차나 한잔 하자."

동시에 홀드와 침묵 마법을 전개해 이기백이 움직이지 못하게 하면서 입까지 봉했다. 그런 다음 입구로 다가가 홍철을 비롯한 행동대장들의 손을 일일이 잡아주며 노고를 치하했다.

"대근인 짭새들이 오기 전에 주변부터 정리하고 얘들한텐 평소처럼 행동하도록 주의시켜."

"예, 주군."

"홍철인 쟤들 데리고 잠시 피해 있다 연락하면 사무실로 와."

"알겠습니다."

간단한 지시를 내리고는 이기백에게 다가왔다.

"기백아, 그럼 간다."

말을 내뱉기 무섭게 옥상으로 이동했다.

나름대로 운치 있는 전경에 누구에게도 방해받지 않는 곳이기에 대화를 나눌 장소로 더없이 훌륭했다.

"어때? 경치가 괜찮지?"

허나 이기백은 경악한 표정을 지은 채 망부석이 된 상태였다. 나 참, 이놈은 놀라는 정도가 유별났다. 눈앞에서 손가락을 흔들어대자 그제야 정신이 돌아왔다.

"뭘 이런 걸 가지고 놀라고 그래."

"도대체 어떻게 한 거……."

"별거 아냐. 어벤져스에 나오는 영웅들이 사용하는 그런 능력하고 비슷한 거야."

"허면 초능력자라는 말……."

"야! 말을 왜 끝맺질 못해?"

"……."

"됐고. 이야기 좀 나누게 이리로 앉아."

의자를 가리키자 이기백이 엉거주춤 다가와 앉았다. 아까의 기세는 사라지고 마치 도살장에 끌려온 것처럼 겁먹은 모습이다. 이기백에게 묻고 싶은 건 이거다. 강철파와 백상어파가 강남을 근거지로 대립하는 관계지만 조직의 운명을 걸고 싸울 정도는 아니었다. 그럼에도 백상어파는 강철파를 기습해 본거지를 장악해 버렸다. 뒤가 없는 전쟁을 벌인 것이다. 게다가 공권력을 휘두를 정도로 대단한 권력을 가진 자가 그토록 강철파에 집착하는 이유 또한 궁금했다.

"왜 너를 잡으려고 했는지 알겠지? 자! 말해봐. 도대체 강철파에 목메는 이유가 뭐야?"

설명을 듣고 난 이기백이 다소 당황한 표정을 짓더니 이내 고개를 끄덕였다. 이해했다는 뜻이다.

"정녕 우리가 공격한 이유를 모르는 게요?"

"그러니 너를 데려온 거잖아."

"허……."

이기백이 탄식을 내뱉었다.

영주, 재벌이 되다

그림을 그리다(4)

　그 또한 강철파가 공격받는 이유조차 몰랐다는 사실에
당황했던 것이다. 미리 이 같은 사실을 알았다면 어쩌면
이렇게 일을 키우지 않고도 대화를 통해 해결할 수도 있었
을 터였다. 그랬다면 백상어파는 건재했을 테고 그의 인생
도 꼬이지 않았을 것이다.

　"후우……."

　다시금 한숨을 내뱉은 이기백이 설명을 시작했다.

　"하아……!"

　솔직히 설명을 들으면서 조금은 황당했다. 물론 백상어
파가 강철파를 공격할만한 사유는 충분했다. 이 모든 원인은 헤론이 밤손님으로 행세했을 때로 거슬러 올라간다.

"그때 털렸던 집이 네 뒤에 있는 놈의 금고였다는 거고, 장부를 찾고자 금괴의 행방을 추적한 결과 러시아 쪽에서 정보를 얻었다는 거네."

이기백이 고개를 끄덕였다. 대량의 금괴를 처분한 것을 보고 틀림없이 금고를 털어간 놈이라 확신했을 테고, 그래서 장부를 찾고자 강철파를 공격했다. 금괴를 처분한 돈을 찾는 것은 당연하고, 이 기회에 눈에 가시 같은 강철파까지 제거해 버리기로 결정한 것이다.

"맞소이다."

"결과가 이렇게 되어 아쉽겠네."

"……."

"근데 강만수에 대해 이렇게 까발려도 되는 거야?"

"일이 실패로 돌아갔으니 어차피 알려지지 않겠소?"

"그건 그러네. 연합한 보스라는 놈들도 회합에 참여했으니 그놈들을 족쳐도 알게 될 일이기는 하지."

대근이 백상어파를 박살내면서 불러온 결과였다. 비밀 장부를 찾아야 하는 강만수는 공권력이 아닌 조직을 이용할 수밖에 없었고, 다른 조직을 끌어들이려는 목적에 결국 얼굴까지 비추게 된 것이다. 게다가 검찰총장과 경찰청 장까지 동석했다는 건 그들 또한 강만수의 라인이라는 뜻. 자신의 힘을 과시하면서 서울의 조직들이 굴복할 수밖에 없도록 만든 것이다.

'강만수라…….'

5선 의원이자 당 대표를 역임한 실세로 권력의 정점에 오르기 위해 착실히 준비해 나가는 자였다. 이번 기회를 이용해 권력 기관에도 하수인을 심어두고자 계획했었다. 물론 하부 조직원과 몇몇의 중간급 간부가 대상이었다.

그런데 경찰청장과 검찰 총장에 이어 대권을 노리는 강만수라는 예상외의 대물이 걸려들었다.

"뭐, 이왕에 걸려든 대어니 그에 걸맞게 이용해야겠지."

계획은 수정하면 그만이니까.

"예?"

"아! 너한테 한말은 아니고."

그보다 정보를 캐내는데 아까운 시간을 허비하지 않았으니 이놈에게 그에 대한 보답은 주어야겠다.

"너는 목걸이 안 걸고 보내줄 테니 갱생교육 잘 받아."

"……?"

이기백에게 미소를 보여주며 멋진 폼으로 손가락을 튕겼다. 이제 몇 시간 후에 깨어나면 아주 즐거운 날이 시작될 것이다. 그래도 목걸이를 안 걸었으니 조금이라도 낫지 않을까 싶다.

삐오! 삐오! 애애앵!

이기백을 보내주고 나니 사이렌을 울리며 수십 대의 경찰차를 비롯해 전경을 태운 버스까지 들이닥쳤다.

이미 대어를 낚았으니 잔챙이들은… 아니다. 낚은 자들이 너무 대어니 중간급으로 몇 놈은 필요할 것 같다.

경찰 병력이 도착하자 아론과 말리가 옥상으로 왔다.

"벌써 끝나신 겁니까?"

"예. 술술 부는 바람에 시간을 허비하지 않았습니다. 지금쯤이면 서리 부족에 도착했겠네요."

"하오면 저놈들만 보내면 끝나는군요."

어서 끝내고 도시를 구경하고 싶은 모양이다.

"두 분을 생각해 계획을 조금 수정했습니다. 저놈들을 이끌고 온 대가리만 몇 놈 보내는 것으로 합시다."

몇 놈만 골라 보내자는 말에 아론과 말리의 표정이 더욱 펴졌다. 이후로 옥상에서 내려다보며 지시를 내리는 간부급의 위치를 파악한 다음 마법으로 재웠고, 아론과 말리가 은밀하게 빼돌렸다.

한편, 경찰 또한 황당한 경험을 했다. 수백 명에 달하는 조직원이 각종 연장을 들고 싸움을 벌인다는 신고를 받고 출동했지만, 현장에 도착해보니 조직원은커녕 싸움이 일어났다는 흔적조차 없었다. 경찰청장이 직접 챙길 정도로 관심을 보였기에 그 어느 때보다 신속하게 이루어진 출동이었다. 즉, 싸움을 벌인 조직이 흔적을 지울 만한 시간이 없었다는 뜻이다. 정해진 매뉴얼대로 현장에 도착하자마자 신고가 들어온 건물을 포위한 후, 타격대를 앞세워 진압 작전을 펼쳤다. 그렇게 건물에 진입한 후에야 무언가 이상하다는 것을 느낀 것이다.

"죄송합니다. 이곳에서 큰 싸움이 벌어졌다는 신고가 들어와……."

"됐고요. 오늘 영업은 틀렸으니 입은 손해나 배상하시죠."

오히려 영업을 방해했다며 길길이 날뛰는 업주를 달래느라 곤욕을 치루고 있었다. 그러나 정작 문제는 따로 있었다. 대규모 경찰 병력이 출동하자 카메라를 둘러멘 기자들까지 따라붙었고, 허위 신고로 판명나자 '깡패조직에 놀아난 공권력'이라는 선정적인 제목으로 뉴스에 보도된 것이다. 뉴스를 지켜본 강만수가 전화를 걸었음은 당연하다. 전화를 받은 이길수 또한 작금의 상황을 설명할 방법이 없었다. 분명한 건 이기백이 출동을 요청했기에 약속대로 경찰병력을 투입한 것이다. 그런데 전혀 엉뚱한 소식이 뉴스에서 전해진 것이다. 강만수로부터 호된 질책을 듣고 난 후, 이기백과 수차례 통화를 시도했다.

"이 새끼는 왜 통화가 안 되는 거야?"

전화기를 내던지며 짜증을 내는 이길수지만, 일을 진행시킨 장본인이 전화를 받지 않으니 정확한 경위조차 파악할 수 없었다.

[이번 일은 도저히 묵과 할 수 없습니다. 어떻게 수백 명에 달하는 경찰을 허위신고에 출동시킬 수가 있습니까? 이는…….]

급기야 제대로 진위조차 확인하지 않고 출동한 경찰의 허술한 대응이 도마에 오르며 야당의 정치공세로까지 번졌다. 경찰청장이 직접 나서 사죄하는 진풍경 벌어지며 이번 사건으로 사라진 몇몇 경찰간부의 행적은 그대로 묻혀

버렸다. 그리고 사건이 벌어진 다음날 강만수에게 한통의
전화가 걸려왔다. 발신자는 이기백이었다.

＊　＊　＊

서리 부족.

다음 대에 서리 부족을 이끌게 될 캉그르가 목에 걸린 어
금니를 만져보고 있다. 친우가 준 눈바람 부족 대전사의
어금니다. 전투에서 승리한 부족은 전리품으로 죽인자의
어금니를 취하는 게 오크족의 전통이다. 즉, 목에 걸린 어
금니가 많을수록 전투 경험이 많고 강한 전사라는 뜻이다.
더구나 대전사가 되면 부족을 대표하는 전사라는 것을 나
타내기 위해 어금니에 부족의 상징을 새긴다. 캉그르의 목
에 걸린 어금니 또한 눈바람 부족을 상징하는 설인의 뿔이
새겨져 있다. 그런 귀한 전리품을 받았다는 건 대전사를
죽인 공적을 얻었다는 것과 같다. 부족의 전사들이 부러움
에 가득한 시선으로 바라보는 이유였다.

"소족장 나와 본다."

어금니를 쓰다듬으며 인간 친우에게 잘 보이기 위한 방
법을 모색하던 캉그르에게 수하가 찾아왔다.

"무슨 일이다?"

"검은 머리 인간이 쏟아진다."

검은 머리 인간이라는 말에 황급히 밖으로 나온 캉그르,
친우가 맡긴 나쁜 인간들이 드디어 도착한 것이다.

"어서 전사들 모은다."

지시를 받은 수하가 전사를 모으는 동안 곧바로 게이트
가 있는 곳으로 달려간 캉그르다. 내부를 살펴보니 수하의
말대로 검은 머리 인간들이 쏟아지고 있었다.

"인간들 기절했다."

게이트를 지키던 전사의 말대로 인간들은 움직임이 없었
다. 아마도 서리 부족이 당황하지 않도록 재워서 보낸 것
이리라. 곧이어 전사들이 도착하자 교육장으로 옮기도록
했다. 물론 친우가 전해준 쇠사슬에 달린 둥근 모양의 쇳
덩이를 발목에 채우는 것도 있지 않았다.

"소족장, 목걸이 한 놈들도 도착했다."

조금 더 갱생교육에 신경써달라고 부탁한 검은 머리 인
간들이었다.

"그놈들은 양쪽 발목에 쇠사슬 채운다."

*　　*　　*

강철파 아지트.

이번 일은 홍철을 비롯한 백상어파 행동대장들이 연합
조직의 움직임을 미리 알려주었기에 손쉽게 마무리할 수
있었다. 그들 또한 강철파에 몸담기로 했기에 협조했던 것
이다. 한데 문제가 발생했다. 강철파를 해체하기로 결정
하면서 홍철과 행동대장들에게 했던 약속을 지키지 못하
게 된 것이다. 부득이 받아들이기로 약속한 백상어파 조직

원들을 모두 불러들여 사정을 설명할 수밖에 없었다.

"난 나쁘지 않은 것 같은데 너희들 생각은 어때?"

대근의 설명을 듣고 난 홍철의 말에 백상어파 조직원들도 고개를 끄덕였다. 드러내지 못하는 직업과 고정적이지 않은 수입은 미래를 불투명하게 만드는 불안한 요인이다. 대근의 제안은 투명한 미래를 보장하는 것이었기에 따르지 않을 이유가 없었다. 게다가 경비 용역업 자체는 그들이 살아온 세계와 가장 어울리는 직업이기도 했다.

모두가 동의하자 대근의 말이 이어졌다.

"대신 조건이 있다."

대근은 투명한 미래를 보장하는 대가로 조건을 걸었다.

"할 수 있는 거라면 따라야지. 조건이 뭔데?"

"어려운 건 아니고……."

대근은 시설 경비를 포함해 인물 경호까지 하려면 그에 걸맞은 교육을 받아야 한다는 점을 강조했다. 당연한 이야기였기에 모두가 흔쾌히 받아들였다. 게다가 강철파 조직원들도 함께 교육을 받는다니 차별대우도 아니었다. 이제 저들을 타나리스 기사단으로 만드는 과정만 남았다.

그건 대근이 할 수 있는 일이 아니었다. 공은 주군에게로 넘어갔다.

* * *

지금은 잠잠해졌지만, 이틀 동안 쉬지 않고 떠들어대던

뉴스 때문에 심한 스트레스를 받아오던 강만수였다.

　게다가 오늘 이길수의 요청으로 은밀하게 경찰청을 방문한 이후로는 더더욱 복잡해진 머리 때문에 늦은 밤이 되도록 잠들 수가 없었다.

"먼저 이것을 보십시오."

　경찰청을 방문한 그 자리서 이틀 전에 있었던 일에 관해 보고를 받았다. 이길수가 보여준 것은 강철파 주변의 cctv에 촬영된 영상이다. 영상에는 각종 무기를 쥔 수백 명의 조직원이 강철파 아지트를 향해 다가서는 모습과 활짝 열린 입구를 통해 안으로 난입하는 장면이 녹화되어 있었다. 게다가 마지막 영상은 백상어파 보스 이기백이 진입하는 장면이다.

"보시다시피 강철파로 진입하는 모습은 녹화됐지만, 나오는 모습은 어디에도 없습니다."

"험… 그런데도 타격대가 진입했을 땐 싸웠다는 흔적조차 없었다고?"

"그렇습니다. 흔적은 물론이고 그 많은 조직원들도 보이지 않았다고 합니다."

"허허!"

　이해가 되지 않았다. 그렇다면 수백 명이나 되는 자들은 도대체 어디로 갔다는 말인가?

"영상을 공개할까요?"

"공개한다고 믿기나 할까?"

　문제는 야당이 정치공세까지 가한 상황, 영상의 진위 따위는 문제되지 않는다. 얼마든지 조작으로 몰아갈 수 있는 게 정치라는 것을 누구보다 잘 안다.

"그냥 덮어."

냄비처럼 들끓다가도 금세 식어버리는 게 이 나라 국민성이다. 고작 이틀이 지났을 뿐임에도 벌써부터 잠잠해지지 않았는가. 괜히 영상을 공개해 분란을 자초할 필요가 없었다.

"허면 장부는……."

"강철파를 이끄는 자가 누구라고 했지?"

"표면상으로는 김대근이라는 자가 조직을 이끌고 있습니다."

"표면상이라니, 그게 무슨 말인가?"

"전임 보스가 물러나고 새로운 자가 강철파를 장악한 것 같은데 그자의 정체가 명확하지 않습니다.

"음… 어쨌든 장부의 행방을 알아보려면 대근이라는 자를 만나봐야겠군."

"경찰 병력을 동원하기엔 시기가 좋지 않습니다."

"알아."

강철파와 연결되고부터는 마치 누군가가 지켜보는 것 같은 끈적끈적한 느낌이 들었고, 이기백이 실패한 후부터는 그 느낌이 더욱 진해졌다. 뭐랄까, 또다시 경찰력을 동원한다면 깊은 수렁에 빠져 헤어 나오지 못할 것만 같았다.

"은밀하게 접촉해 보는 건 어떻겠습니까?"

오히려 그 방법이 나아보였다.

"정중하게 접촉해봐."

"예, 어르신."

상대가 경계하지 않도록 정중하게 만남을 청해보라는 지시를 내리기는 했지만 성사될지는 미지수였다. 게다가 자신의 정치생명이 다른 이의 손에 맡겨졌다고 생각하자 입술이 바짝 타오르며 극도의 피로감마저 느꼈다.

그러나 이런 때일수록 바짝 정신을 차려야 한다.

일이란 언제 터질지 알 수 없으니까.

톡… 톡… 톡.

턱을 괴고 생각에 잠길 때면 어김없이 나오는 버릇이었다.

드르르르.

드르르르르.

그때 탁자에 놓아둔 휴대폰이 세차게 진동했다.

영주, 재벌이 되다

그림을 그리다(5)

　절로 인상이 찡그려졌다. 그가 늦은 시간에 전화가 걸려
오는 것을 싫어한다는 사실을 모르는 이가 없다.

　그럼에도 연락을 취했다는 건 시급을 다투는 일이 발생
했다는 뜻이다. 탁자에 놓인 휴태폰을 집었다.

　"흠……."

　강만수의 시선이 휴대폰 액정을 주시한 채 고정됐다. 발
신자가 연락을 받지 않던 이기백이었다.

　<u>드르르르.</u>

　또다시 휴대폰이 진동했다.

　"나다."

—강만수 맞지?

"……."

—밤늦게 미안. 기백이 휴대폰에 전화번호가 저장되어 있길래.

"네놈은 누구냐?"

—나? 네가 찾고 싶어 하는 장부를 가지신 분이지.

"…기백이는 어떻게 됐나?"

—걱정 안 해도 돼. 좋은 곳에서 잘 지낼 거야. 그보다 너 좀 봐야겠는데 찾아가도 되지?

"원하는 게 뭐냐?"

—그건 얼굴 보면서 애기하자. 어때? 찾아갈까?

"언제 보겠느냐?"

"지금!"

"미친… 헛!"

강만수가 휴대폰을 떨어뜨렸다. 놀랍게도 허공이 살짝 일그러지더니 그 속에서 인간이 튀어나왔다.

"어억?"

너무나 놀란 나머지 단마디 말을 내뱉으며 경악한 표정만 지을 뿐이었다.

"뭘 그렇게나 놀라고 그래. 괜히 미안해지잖아."

들고 있던 휴대폰을 넣으며 강만수를 바라봤다.

"누, 누구냐!"

"그 참, 누구기는. 좀 전까지 통화했잖아."

"……."

"이야기 좀 나누게 일단 앉아. 가만 보자."

강만수가 앉아 있는 의자밖에 없었기에 주변을 둘러봤다. 마침 간의용 의자가 보여 끌어당겼다. 의자가 허공에 떠서 날아오자 강만수의 눈동자가 더욱 커진다. 그러나말거나 끌어온 의자에 앉아 주변을 살폈다. 서재라서 그런지 책장이 삼면을 둘렀고, 서책이 빼곡했다. 손때가 많이 묻은 것으로 봐 여러 번 정독했음을 알 수 있다.

강만수는 책을 통해 배움을 얻는 인물이었다. 첫인상은 나쁘지 않았다. 책을 가까이 한다는 것은 적어도 자신의 목표를 향해 달려갈 줄 아는 인물이라는 뜻이다.

"이것을 공개할까봐 그토록 집착한 거야?"

장부를 꺼내 눈앞에서 흔들며 강만수의 표정을 살폈다. 눈동자가 살짝 요동치더니 이내 고요해진다. 금세 표정을 바로잡는 것을 보니 역시 오랜 세월 정치판에 구른 자 답다. 더구나 경악하던 조금 전의 모습도 사라진 상태다.

"원하는 게 뭐요?"

게다가 더욱 차분해진 목소리로 거래를 시도해왔다.

아마도 눈앞에서 이 능력을 목격한 만큼 권력을 앞세워 상대할 수 없는 자라고 판단했을 것이다.

"네 목숨."

"후… 가져가시오."

한숨을 내뱉고는 잠시 뜸을 들이더니 정말로 포기한 모습을 보였다.

"저항 같은 거 안 하고?"

"저항해봤자 달라지는 게 있겠소?"

"구차하게 연명하는 건 싫다는 뜻이네. 이러면 재미없는데."

"어찌 목숨이 아깝지 않겠소."

"그런데 왜?"

"저항하기보다 손에 맡기는 게 살 수 있는 확률이 높다고 판단했을 뿐이오."

"하하하! 이거 완전히 음흉한 놈일세. 그 뭐냐, 이곳 말로 능구렁이야. 능구렁이."

"……!"

"판단은 훌륭해. 근데 말이야, 널 죽일 생각이 없어."

역시나 죽이지 않겠다는 말에 강만수의 눈동자가 살짝 떨렸다. 겉모습은 태연한 척 했지만 내심은 두려운 모양이다.

"고…맙소."

답을 하면서도 못미더운지 목소리가 약간 떨린다.

"널 죽이지 않겠다는 건 진심이니 안심해도 돼. 대신 살려주는 대가로 나를 위해 일해 주어야겠지."

"……."

"물론 나도 가만히 있지는 않아."

말을 내뱉음과 동시에 강만수를 데리고 공간을 이동했다.

"헉!"

순식간에 서재가 아닌 까마득한 허공에 서게 되자 얕은

비명을 내뱉는다.

"안 떨어지니 두려워말고. 평생에 다시 없을 경험이니 여유를 가지고 아래를 봐."

그럼에도 두려운 모양인지 팔을 잡은 손아귀에 부쩍 힘을 준다. 그러면서도 용기를 냈는지 시선이 아래로 향했다.

"아……!"

강만수는 자신도 모르게 감탄사를 내뱉었다. 허공에서 바라보는 서울의 야경은 솔직히 신비롭기도 하고 아름답기도 했다. 그러면서도 가슴속에서 무언가가 꿈틀거렸다. 이게 뭘까하는 의구심도 잠시, 확연하게 느낄 수 있었다.

그것은 욕망이자 강만수의 꿈이었다.

"그거 내가 줄게."

강만수의 시선이 느껴졌다.

"네가 원하는 꿈을 이루도록 권력의 정점에 올라. 그리고 내 힘을 빌려 꿈꾸던 세상을 만들어 봐."

강만수가 고개를 끄덕이며 입술을 굳게 다물었다. 작금의 행태를 행하는 것은 강만수에게 특별하다는 믿음을 주기 위해서다. 적어도 그가 아는 세상의 상식으로는 이러한 이능이 존재할리 없었으니까.

"좋아. 거래완료."

사건의 배후에 강만수라는 인물이 존재한다는 것을 알고 난 후부터 정보의 바다를 이용해 낱낱이 조사했다. 그리고 내린 결론은 강만수가 그 누구보다도 우익이라는 것과, 때로는 아주 진보적인 사상을 엿보이는 이상한 캐릭터라는 사실이었다. 물론 권력의 정점에 서기 위해 은밀한 거래까지 서슴지 않고 해대는 나쁜 놈이기도 했다.

뭐, 정계에서 살아남으려면 그 정도로 나쁜 놈이 되어야 하는 게 맞다. 다시금 서재로 돌아와 마주 앉았다.

이 세상에서 원하는 모든 것을 가져가기 위해서는 강력한 우군이 필요하다. 그것도 권력을 가진 노예라면 더 좋다. 사실 강만수를 만나러 오기 전까지 계약의 인으로 묶을 것인지 종속의 인으로 노예를 만들 것인지 판단이 서질 않았다. 종속의 인은 노예 계약으로 주인의 명을 결코 거역하지 못하는 이점이 있다. 다만 꼭두각시로 만드는 것과 다르지 않기에 알게 모르게 수동적으로 변하는 문제점도 존재한다. 급박한 상황이 도래했음에도 정작 결정을 내리지 못해 큰 피해를 자초하는 경우가 종종 발생한다. 그럼에도 강만수를 종속의 인으로 묶은 건 이유가 있다. 그는 자신이 처한 상황을 파악한 후, 유리한 상황으로 몰고 가는 능력을 타고난 자다. 이런 자들은 상대의 약점을 파악하는 순간 은연중에 자신에게 유리한 상황으로 몰고 가려는 경향을 보인다. 게다가 똑똑하기도 해서 수 싸움을 벌이기가 아주 피곤하다. 그런 상황이 발생한다면 아마도 그냥 죽여 버릴 게 틀림없다. 공들여 만든 탑을 스스로 허물어 버리는 결과를 초래할 수 있기에 종속의 인을 사용하게 된 것이다.

"심장에 문양이 새겨졌을 테니 확인해봐."

강만수에게 종속의 인이 새겨졌다는 것을 확인케 한 후, 내게 반하는 의지를 가지도록 했다.

"커헉!"

그 순간 종속의 인이 심장을 조이며 엄청난 고통과 함께 숨조차 제대로 쉴 수 없게 만들었다.

"너에게 걸어둔 제약이야. 딴 마음만 품지 않는다면 고통스럽게 죽어갈 이유가 없다는 것만 알아두고."

강만수가 세차게 고개를 끄덕였다. 고통을 주면서 죽음에 대한 공포를 심어주었으니 이번엔 감사함이 충만하도록 선물을 줄 차례다.

"이젠 새로운 동반자가 됐으니 선물을 줘야겠는데. 가만 보자……."

차분히 강만수의 몸을 살펴보니 60대에 이른 노년의 몸임에도 상당히 정정했다. 다만 노화의 영향으로 몸의 균형이 서서히 무너지고 있었다.

"그런대로 몸뚱이는 건강한데 곳곳이 고장 나기 시작했네. 말해봐. 이제는 그 짓도 안 되지?"

"……."

"부끄럽게 생각할 필요 없어. 인간이라면 누구나 가지는 욕구니까. 게다가 똘똘이의 기능이 사라지면 사내의 생명은 끝난 거나 다름없지. 안 그래?"

"……."

"일단, 몸뚱이가 활력을 찾도록 만들어줄게."

별다른 처방을 해주는 건 아니다. 그저 하급 마석을 먹여

몸 안에 마나의 기운을 간직하도록 만들어 주려는 것이다. 품속에서 마석을 꺼내 보이며 설명했다.

"간단히 말해 영약이야. 이거 먹고 한 이틀 고생하고 나면 한창 때처럼 몸에 활력이 돋을 거야. 사내구실도 가능하니 예쁜 처자들과 운우지락도 나눠봐."

틱!

말이 끝나기 무섭게 마석을 튕겨 강만수의 입속에 밀어 넣었다. 그런 후, 테론의 비법을 사용해 강만수가 마나의 기운을 쌓을 수 있도록 단전을 만들어 주었다.

그러면서 엄청나게 귀한 영약인 만큼 제대로 효과를 보려면 절대로 정신을 잃어서는 안 된다는 것을 수차례 강조했다. 사실 정신을 잃어도 그만이지만, 고통의 극심함을 생생히 느낄수록 귀한 영약으로 둔갑할 것이기에 일부러 그랬다. 한데 아랫배가 찢어지는 엄청난 고통을 느낄 터임에도 강만수는 작은 신음조차 내뱉지 않았다.

그야말로 대단한 정신력의 소유자였다. 마나가 몸속에 터를 잡은 후, 혈류를 따라 흐르기 시작하자 오랜 세월 쌓여 있던 노폐물이 배출되기 시작했다. 너무도 심한 악취에 숨 쉬는 것조차 힘들어 창문을 활짝 열어 젖혔다.

강철파 조직원을 통해 실험한 결과로는 몸속의 노폐물을 배출하는 동안 고열에 시달린다. 몸이 활력을 찾는 단계로 이틀 정도만 지나면 괜찮아진다. 이후로 꾸준한 명상과 적당한 운동으로 몸을 관리해주면 무병장수하게 된다. 일반인보다 훨씬 오래 산다는 뜻이다. 고통에 일그러진 강만수의 표정을 보니 효과는 제대로다.

"그럼 한 달 후에 찾아올 테니 시킨 대로 관리 잘하고. 아! 예쁜 처자와 운우지락 나누는 거 적당히 해. 하하하하!"

이로서 가장 중요한 퍼즐을 맞추게 됐다. 강만수라는 최고의 권력자를 하수인으로 부릴 수 있게 됐으니 이 나라에서 사업기반을 갖추는 것은 어렵지 않다.

타나리스 유통, 아니, 그룹이 세계로 뻗어나갈 여건을 갖춘 것이다.

한편, 강만수는 느닷없이 찾아온 불청객으로 인해 도저히 믿지 못할 경험을 한 것도 모자라 심장에 노예 각인까지 새기게 됐다. 게다가 영약이라고 건네준 것을 먹은 후, 형언할 수 없는 고통을 맛보았다. 그렇게 불청객이 떠나자 긴장이 풀어지며 그대로 정신을 잃었다.

사실 영약이라는 말에 산삼 정도의 효과는 받을 수 있을 것이라 기대했다. 그것도 이 능력을 사용하는 불청객이 준 것이기에 기대한 것이다.

그런데 그가 먹여준 건 틀림없는 영약이었다.

정신을 차리자 온 몸이 개운해진 것은 물론이고 늙고 쭈글쭈글한 피부가 몰라보게 탱탱해졌다.

적어도 십년 이상은 젊어진 것 같았다.

오죽했으면 쳐다보지도 않던 마누라가 무엇을 먹었냐며, 자기 것도 달라며 떼를 쓸 정도였겠나.

몸에 활기가 도니 정신 또한 예전보다 더욱 뚜렷해졌고, 무엇보다 힘이 넘쳤기에 가볍게 조깅을 나갔다.

세상에! 이건 뭐 육상선수와 견주어도 뒤떨어지지 않을 것 같았다. 게다가 힘껏 뛰어 올랐더니 족히 2미터는 됨직한 높이를 쉽게 넘어버리지 않는가.

허허! 솔직히 까무러칠 정도였다.

그뿐만이 아니다. 새벽에 일어나니 텐트를 치는 것은 물론이고 오줌발도 시원해졌다. 정말이지 얼마 만에 느껴보는 쾌감인가. 이제 남은 건 하나였다. 그가 호언한대로 아리따운 처자와 운우지락마저 나누게 된다면 그는 인간의 모습으로 다가온 신임에 틀림없을 것이다. 더구나 그는 원하는 꿈을 이룰 수 있도록 자기가 가진 힘을 빌려주겠다고 했다. 수십 년 동안 달려왔던 그곳, 평생을 목표였던 그것을 가질 수만 있다면 까짓것 노예로 살아간들 어떠할까.

그림을 그리다(6)

 타나리스 유통.

 정령수를 희석한 신비수의 시제품이 성공을 거두자 소규모 생수 회사를 인수해 완제품을 생산했다. 모든 공정이 자동화로 이루어지기에 정령수를 배합하는 과정에서 생기는 일체의 오차가 없어졌다. 문제는 다크 스피어가 뽑아내는 정령수의 양이 얼마 되지 않아 신비수의 생산이 턱없이 부족할 수밖에 없었다. 솔직히 자동화 공정으로 생산하기엔 말도 안 되는 양이었지만, 규격에 맞는 제조시설을 갖추어야 양산이 가능하니 별다른 대안이 없다.

 "와! 무슨 물병이⋯⋯."

김 부장이 가져온 신비수를 보니 말을 끝맺지 못할 정도다. 소비량에 비해 생산량이 턱없이 부족할 게 예상되자 하이엔드 럭셔리를 표방한 제품으로 전략을 수정하면서 신비수를 담는 물병을 아주 고급스럽게 제작했다.

투명한 유리병에 새를 조각했는데 아주 성스러운 느낌을 받을 정도였다.

"조각된 새의 이름이 뭡니까?"

이 세상에 저런 새가 존재한다니 궁금하지 않을 수 없었다.

"봉황이라 부르는 샙니다."

김 부장의 설명에 따르면 봉황은 모든 새의 우두머리로 상상속의 동물이다. 봉황이 나타나면 태평성대를 이루니 예로부터 용과 기린, 현무와 함께 신령스러운 네 가지 동물 중 하나로 불렸다. 성스러운 느낌을 받은 게 우연이 아니었다. 유리병에 봉황을 조각하고 뚜껑을 코르크 마개로 제작하다보니 제품명대로 정말로 신비한 물을 담은 것 같았다. 뭐, 정령수가 신령스러운 물인 것은 사실이다.

"정말로 이 가격에 판매할 겁니까?"

놀라지들 마시라. 김 부장이 책정한 권장 소비자 가격이 한 병당 무려 20만원이다.

"더욱 비싸게 책정할까도 생각했지만, 후에 판매할 초 럭셔리 제품을 위해 적당한 가격을 매긴 겁니다."

"하하……!"

이건 뭐 생각지도 못한 가격이다. 게다가 후에 나올 초

럭셔리 제품이라고 해봤자 정령수의 배합을 조금 더 늘이는 것뿐이다. 그것도 배가 아픈 부작용이 생기는 원인을 파악하고자 이미 임상실험을 진행하고 있으니 머지않아 시제품이 나올 것이다.

"잘 팔릴까요?"

"물론입니다. 아마도 프리미엄까지 붙을 겁니다."

"그렇게만 된다면 다행이기는 한데……."

솔직히 너무 비싼 가격이 아닌가 걱정됐다. 표정에 드러났는지 김 부장이 다른 정보를 제공했다.

"와! 이거 진짭니까?"

김 부장이 보여준 건 세상에서 가장 비싼 생수에 관한 정보였다. 물론 1억이 넘는 고가의 생수는 특별한 경우에 한하여 제작된 것이다. 하지만 수십만 원을 호가하는 생수들도 불티나게 팔려나가고 있었다.

"신비수를 더 많이 생산할 수 없다는 게 아쉽습니다."

한 병에 20만원을 받게 된다면 지금의 생산량만으로도 떼돈을 벌어들일 수 있다. 그래도 돈은 많이 벌수록 좋은 법, 김 부장의 말대로 더 많은 물량을 생산할 수 있는 방안을 찾아야겠다. 갑자기 영지에 있는 다크 스피어의 얼굴이 떠오른다.

"물량을 늘일 방안을 모색해 보죠."

미안하지만 좀 더 쥐어짜야겠다.

어쨌든 신비수의 포장도 그렇고 가격도 마음에 들어 그대로 진행해도 좋다는 결정을 내렸다.

"허면 이대로 진행하겠습니다. 그리고 신비수의 메인 모델을 선정했는데 만나 보시겠습니까?"

떼돈을 벌어줄 신비수의 모델인 만큼 인사를 나누는 건 당연하다. 고개를 끄덕이자 김 부장이 인터폰을 이용해 모델을 불렀다. 원래 미인은 아름다운 용모를 타고나야함은 물론이고 지적인 품성과 자질을 겸비해야 한다.

게다가 미인의 최고봉인 절세가인이 되기 위해서는 미의 조건으로 내세운 서른 가지를 충족해야 한다. 역사적으로도 절세가인이라 칭할만한 여인이 몇 되지 않는 이유다. 과연 모델로 선정 된 여인이 어느 정도일지 궁금했다. 잠시 후, 메인 모델로 선정된 여인이 들어왔다.

"어?"

솔직히 메인 모델이라기에 눈알이 튀어나올 정도로 어여쁜 여인일 거라 생각했다.

"안녕하세요. 유은혜라고 합니다."

"아! 예. 루이라 합니다."

그런데 마주한 여인은 미인이라기엔 살짝 부족했다.

사실 많이 부족했지만.

"대표님께서 오해하신 것 같습니다."

나도 모르게 실망한 표정을 지었는지 유은혜라는 모델이 입을 가린 채 웃었고, 김 부장은 재미있다는 표정으로 말했다.

"오해라니요?"

"신비수 광고에 필요한 메인 모델은 대표님께서 생각하

시는 그런 미인이 아닙니다. 이것을 보시지요."

김 부장이 내민 것은 얼굴과 피부를 중점적으로 찍은 수십 장의 사진이다. 심한 두드러기로 인해 피부에 붉은 반점이 가득한 악성질환을 가진 여인의 모습을 담았다.

저절로 인상이 찡그려질 정도로 흉측했다.

"이것들도 마저 보시지요."

이어서 건넨 사진은 점차 피부가 호전되는 모습을 담았고 뒤로 갈수록 아기피부처럼 윤기가 흘렀다.

"허……!"

감탄하지 않을 수가 없었다. 그리고 마지막 사진은 모델로 선정한 유은혜의 얼굴이었다.

"정령수, 아니, 신비수를 먹고 피부 트러블이 나았다는 겁니까?"

"네. 아침, 점심, 저녁 하루 세번씩 한 달간 음용했더니 이렇게 변했습니다."

유은혜는 피부가 변해가는 것을 느끼자 매일 사진을 찍고 동영상을 촬영했다. 신비수가 온라인을 통해 폭발적인 인기를 끌게 된 연유도 매일 유은혜가 올린 동영상이 큰 화제가 됐기 때문이다.

소식을 접한 김 부장이 유은혜를 신비수의 메인 모델로 낙점하게 된 것도 이러한 이유였다.

"이거 은혜씨 덕분에 회사가 큰 도움을 받았습니다."

"아니에요. 오히려 제가 감사드리고 싶어요."

유은혜는 피부 트러블로 인해 밖에 나가는 것조차 두려

울 정도로 정상적인 사회생활이 불가능했다. 사람들의 시선을 피하고자 마스크를 하고 매번 소매가 긴 옷을 입어야 했지만, 이제는 그럴 필요가 없어졌다. 얼굴은 물론이고 몸매가 흔히 드러날 정도로 짧은 바지에 반팔 셔츠를 즐겨 입는다. 거리를 거닐 때면 우윳빛처럼 빛나는 피부 덕에 지나가는 사람들이 부러운 시선으로 바라본다.

신비수로 인해 새로운 삶을 살게 된 만큼 회사 홈페이지를 통해 신비수의 홍보대사가 되기를 요청했다.

김 부장에 의해 메인 모델로 발탁된 연유다.

"앞으로 잘 부탁드립니다. 은혜씨."

"열심히 하겠습니다. 사장님."

듣고 보니 유은혜가 찾아온 건 운이 좋았다. 절세가인은 아닐지라도 우유빛 피부를 지니게 된 유은혜의 이야기를 활용한다면 신비수는 더욱 큰 반향을 불러일으킬 것이다. 과연 얼마나 효과를 보일지 사뭇 기대됐다.

신비수의 판매에 관한 최종 결정과 선정된 메인 모델과의 만남을 끝으로 급한 결제 건을 마무리했다.

이제 남은 건 타나리스 기사단이 될 신입들을 저 세상으로 데려가 교육시키는 일이었다.

"서울 구경은 잘들 하셨습니까?"

약속대로 아론과 말리에게 사흘간의 특별 휴가를 주었다.

"예. 속속들이 경험해 보기에는 시간이 부족했습니다. 그래도 최대한 많은 곳을 둘러보며 휴가를 보냈습니다."

둘의 표정을 보니 나름대로 만족한 것 같았다.

"저… 영주님? 외람되오나 한 가지 부탁을 드려도 되겠습니까?"

"예. 편하게 말씀하세요."

"매년 기사단에 주어지는 휴가를 이곳에서 보내면 안 되겠습니까?"

아론도 동의한다는 듯 고개를 끄덕이면서 갈망이 가득한 시선으로 바라본다.

"하하! 그것 참. 부탁을 거절하면 난리 나겠습니다."

웃으며 답했다.

"허락해 주셔서 감사합니다. 단원들이 크게 기뻐할 겁니다."

"두 분께서 그런 게 아니고요?"

"하하!"

"대신에 타나리스 기사단을 제대로 가르쳐 주셔야 합니다."

"물론입니다. 성심을 다하겠습니다."

막상 휴가가 끝나니 아쉬움이 가득한 모양이다. 말리 경의 요청대로 영지의 기사들 또한 이 세상에 관해 배워두는 것도 맞다.

언제고 기사단의 투입이 필요하게 될지도 모를 일이다.

"허면 신입들을 데리고 영지로 갑시다."

"예, 영주님."

아론과 말리와 함께 게이트가 있는 별채에 도착하자 대

근이 기존 강철파 조직원들과 백상어파 조직원들을 모아 놓고 무위를 선보이고 있었다. 한번에 수 미터를 뛰어오르는 물론이고 전혀 힘들이지 않고 여러 동의 창고 지붕을 뛰어서 넘나드는 모습에 모두가 넋이 나간 표정이다. 게다가 주먹질과 발차기로 두꺼운 강철판까지 우겨버리자 놀람을 넘어 경악했다. 일전에 대근과 드잡이 질을 했던 홍철과 백상어파 행동대장들은 그제야 깨달았다.

아예 상대조차 되지 못하는 그들이 다칠까봐 대근이 얼마만큼 신경을 써 주었는지를 알게 된 것이다.

무위를 선보인 대근이 소리쳤다.

"예전의 나 또한 홍철과 비슷한 실력을 가졌었다. 하지만 너희들이 받게 될 훈련을 이수하자 이렇게 변했다."

몬스터와 실전을 치루고 아론을 비롯한 기사단들로부터 가르침을 받았으니 틀린 말도 아니다.

설명을 듣고 난 신입 단원들이 질문을 건넸다.

"허면 저희도 그렇게 될 수 있다는 겁니까?"

"물론이다. 훈련을 받고나면 틀림없이 나처럼 강해진다. 의심할 필요가 없다."

훈련을 받고나면 강해진다. 대근뿐만이 아니라 훈련을 받고난 강철파 행동대장들 또한 엄청나게 강해진 것을 목격하자 모두의 눈빛이 변했다.

눈빛만 본다면 벌써 초인의 길로 들어선 것 같다.

신입들의 이글거리는 눈빛이 마음에 들어 직접 교관을 소개해 주기로 했다.

"모두 주목!"

마치 확성기를 사용하듯 뚜렷한 목소리가 전해지자 모두의 시선이 집중됐다.

"훈련에 관해서는 대근이 설명했을 테니 생략하고, 여기 두 분께서 너희들을 강하게 만들어 주실 분들이다. 인사들 나누도록."

눈짓을 보내자 아론과 말리가 나섰다.

"아론이다. 성심껏 가르칠 테니 최선을 다해 가져가라."

"말리다. 최선을 다하겠다. 그러니 너희들도 최선을 다해라."

"옛!"

신입생들이 우렁찬 목소리로 답했다. 두 세계의 벌어진 틈, 차원홀을 통해 별들의 세상을 지나 전혀 다른 세상으로 이동하리라는 건 상상하지 못한 일이었다. 꿈속에서나 가능한 일을 겪고 나자 제정신을 가진 자들이 없었다.

그러나 인간은 적응의 동물이라 그랬다. 영지에 도착한 후, 거대한 중장비를 운전하며 열심히 일하는 일꾼들을 보자 하나둘 정신을 차렸다. 그렇게 타나리스 기사단이 될 새로운 단원들의 훈련이 시작됐다.

* * *

타나리스 영주성.

이 세상엔 순식간에 상처를 아물게 하는 포션 같은 신비한 약물이 존재하고, 마법이나 신성력을 이용해 상처를 아물게 할 수도 있다. 다만 포션에는 명확한 한계가 존재한다. 겉으로 드러난 상처는 빠르게 아물게 해주지만 드러나지 않은 몸속의 상처, 특히나 심줄이 끊어지거나 뼈가 부러지는 중한 상처는 치료가 불가능하다.

물론 뼈가 부러진 곳의 피부를 가르고 포션을 들이붓는다면 가능할지도 모르겠지만, 상처가 난 곳을 눈으로 확인하지 못하는 이상 피부를 가르는 것은 위험한 행동이다. 그래서 임시방편으로 포션을 마시기도 하지만 효과는 미미하다. 그에 반해 마법이나 신성력을 이용한 치료는 부러진 뼈나 끊어진 심줄도 이어지게 만드는 기적을 연출한다. 허나 그마저도 갓 상처를 입었을 때나 가능하지 부러지거나 끊어진 상태로 몇 시간씩 방치한 후라면 불가능하다. 만능이 아니라는 뜻이다. 이 몸의 아버지이자 이제는 내 아버지기도 한 밀러 공작 또한 상처를 입고도 몇 시간이 지난 경우다. 아마도 뼈가 부러졌거나 신경이 손상됐기에 신성력으로도 치료가 불가능했을 것이다. 허나 계속해반신 불구가 된 상태로 지내게 할 순 없어 저쪽 세상의 의료기술에 기대를 걸었다.

그림을 그리다(7)

이 세상의 이능과는 다르게 저 세상의 의료기술은 시간
이 지났더라도 피부를 갈라 뼈나 신경을 이어붙이는 게 가
능하다. 거기에 마법의 치유까지 보태진다면 아마도 수술
과 함께 일상적인 생활도 가능하지 않을까 하고 조심스럽
게 추측해본다.

"루이입니다."

"들어오너라."

오늘은 영화를 보지 않고 두 분이서 조용히 독서를 즐기
고 계신다. 참 보기가 좋다.

"용무가 있느냐?"

"예, 두 분께 드릴말씀이 있습니다."

"이리 앉거라. 차는 뭐로 하겠느냐?"

"셀런티로 하겠습니다."

잠시 후, 어머니께서 직접 셀런티 차를 내오셨다.

"볼만한 영화가 없습니까?"

"아니다. 오늘은 조금 피곤해 독서나 하기로 했다. 그보다 말하려는 게 무어냐?"

"저쪽 세상에서 치료를 받아보는 건 어떻겠습니까?"

"치료라니? 두 다리를 말하는 것이냐?"

"예. 저쪽 세상은 의료기술도 대단히 발전했습니다. 해서 치료할 수 있는 방법이 있지 않을까 생각했습니다."

"안 그래도 네 아버지와 종종 그 이야기를 했단다. 영화에서 봤던 게 사실이라면 시도해 보는 것도 나쁘진 않겠구나."

"영화가 모두 진실은 아니지만 뛰어난 의료기술을 가진 세상인 건 사실입니다. 제가 준비하겠습니다."

"어려운 와중에서도 아비를 생각해주다니 고맙구나."

"별말씀을요. 자식으로서 당연히 해야 할 도립니다."

대답에 만족했는지 두 분께서 크게 행복해 하는 표정이다. 진즉에 이렇게 해야 했다는 후회감이 들었지만, 아버지 말씀대로 정말로 바빴던 것은 사실이다.

"치료가 끝나면 저쪽 세상도 둘러보십시오."

"그래도 되느냐?"

어머니께서 놀라며 되물어 오셨다. 여전히 무뚝뚝한 표

정을 짓고 계시던 아버지마저 적잖게 놀라셨다.

"물론입니다. 이제 저쪽 세상에서 자리도 잡았으니 두 분께선 그저 즐기시면 됩니다."

경비 걱정 없이 마음껏 놀러 다니라는 말이었다. 그 뜻을 모르지 않은 두 분이었기에 환한 표정을 지으시며 기뻐하셨다.

"허면 준비가 되는대로 말씀드리겠습니다."

"그래. 수고하려무나."

아버지 문제를 해결했으니 이제 검은머리 인간에 대한 갱생교육이 어찌되고 있는지 살펴볼 때다. 아! 그전에 상업부에 들러 전해줄 물건이 있다. 건설부와 마찬가지로 상업부 또한 여전히 전쟁 중이다. 마몬의 시기 동안 영지에 다녀가지 못한 상단이 줄지어 도착하면서 창고마다 가득하게 쌓였던 물건들이 급속도로 줄어들고 있다.

금괴가 쌓인다는 뜻이다. 상업부에 들어서자 화들짝 놀란 티에리가 후다닥 달려왔다.

"부르시지 않고……."

"경이 바쁠 것 같아서 직접 왔어."

"안으로 모시겠습니다."

영주가 직접 상업부에 걸음 하는 것은 처음이었기에 직원들마저 일손을 놓고는 인사를 해온다.

"영주님을 뵙습니다."

"어! 다들 수고가 많아요."

직원들이 건네는 인사에 일일이 화답하는 대신에 손을

흔들어 답례를 표했다. 신경 쓰지 말고 일하라는 뜻이다. 부서장실에 들어서자 구매 단가를 협의 중이던 상단에서 예를 표해왔다.

"송구합니다, 영주님. 상담 중이었던지라."

"괜찮아. 차나 한잔 하고 있을 테니 하던 것 마저 끝내."

여느 영주와는 다르게 부서장실이 아닌 옆방에서 기다리기로 했다. 영지를 위해 한 푼이라도 더 벌고자 밀고 당기는 와중인데 티에리에게 신경 쓰게 할 순 없다. 조용히 기다려 주면서 응원이라도 보내는 게 영주가 할 일이지 않겠는가. 상담실에 앉아 있으니 여직원이 커피를 내왔다. 저쪽 세상에서 가져온 청바지에 하얀 와이셔츠를 입은 모습이 꽤나 청순해 보였다.

진하지 않게 향수를 뿌려선지 냄새마저 상큼하다.

영지에 거주하는 평민 아낙네들조차 향수를 뿌리고 다닐 정도다. 예전에 비해 영지민의 삶의 질이 얼마나 변하고 있는지 단적으로 보여주는 예다. 부유한 자들을 주 고객으로 삼은 향수는 상단을 통해 구매하려면 엄청나게 비싸다. 하지만 특별 할인가를 적용받는 영지민은 아주 저렴한 가격에 구입이 가능했다. 그래선지 타 영지민이 향수를 구매해 줄 것을 요청하기도 했다. 은밀하게 거래가 이루어지는데 영지민이 구매할 수 있는 수량이 정해지다보니 낱개로 거래되고 있었다. 물론 개인에게 배정된 향수를 아껴 쓰고 남는 것을 팔아 살림에 보태고자 하는 생각이 기특해 그냥 두고 보는 중이었다. 어쨌든 여직원의 모습은 영지의 각 부서에서 근무하는 직원들의 일상적인 모습이다. 마치 저쪽 세상의 엘리트 집단을 대하는 느낌이 든다. 말이 그렇다는 것이지 진정으로 엘리트라는 뜻은 아니다. 가만, 그러고 보니 굳이 이쪽 세상에서 인재를 구할 필요가 있을까 싶다. 저쪽 세상엔 대학을 졸업한 인재들이 취업을 못해 난리가 아닌가.

'흐흐흐! 이거 차원 인력 중개소를 차려볼까!'

적당히 높은 월급만 지급해도 벌떼처럼 몰려들지 싶다.

"기다리게 해 송구합니다."

티에리가 거래를 끝낸 모양이다.

"생각보다 빠르게 끝냈네."

"예. 마지막으로 가격을 조율하던 중이었습니다."

"처음 보는 얼굴이던데 어디에서 온 상단이야?"

"타룬 왕국에서 왔습니다."

대륙의 가장 북부에 위치한 왕국으로 국토 대부분이 눈으로 뒤덮여 겨울왕국이라 부른다. 육로를 이용해 이곳까지 오려면 적어도 반년 이상이 소요될 정도로 먼 곳에 위치했다. 바다를 이용해도 두 달이 넘게 소요되기는 마찬가지다.

"와! 멀리서도 왔네."

"영지에서 판매하는 상품이 대륙 곳곳에 퍼졌다는 뜻입니다."

"그러네. 앞으로 더욱 바빠지겠어. 축하해."

"소신이 바빠질수록 영지가 부유해지니 그 또한 기쁜 일입니다.”

“오! 역시 티에리야. 하던 대로만 해. 내 특별금에다 좋은 곳으로 휴가를 보내주지.”

“감, 감사합니다. 영주님.”

“그리고 이거 저번에 부탁한 시계야.”

마법 배낭에서 황금색과 백금으로 도금된 시계를 각 일만 개씩 내어놓자 티에리의 표정이 환해진다. 게다가 아제로스어로 타나리스 영지가 생산자라는 것을 표기했다. 영지를 상징하는 삼족오 문양을 새겨 넣은 것은 물론이다. 티에리가 요청한 형태다. 이렇게 만들려다보니 새로운 금형이 필요해 대량으로 주문할 수밖에 없었다.

“수량이 너무 많지?”

애초에 주문받은 것보다 월등히 많은 수량을 가져올 수밖에 없었기에 살짝 걱정이 됐다.

“부족합니다.”

“어? 부족하다고?”

예상과는 다르게 이만 개나 되는 수량이 부족하단다.

“그렇습니다. 대륙 전체를 놓고 본다면 턱없이 부족한 수량입니다.”

티에리의 말대로 이 세상에도 가진 자들은 셀 수도 없을 정도로 많다. 게다가 럭셔리 제품으로 확실하게 인정받고자 부유한 자들이 아니면 결코 살 수 없을 정도로 엄청난 가격이 매겨진 상태다.

덕분에 초도 제품 또한 고위급 귀족들에게 전해진다.

그리고 고의 귀족들은 다른 이들이 가지지 못한 시계를 내보이며 그들의 허영심을 보답 받으려 할 것이다.

당연히 입소문을 타게 되고 티에리가 노리는 점이다.

소문으로 인해 엄청난 물량이 소진 될 게 틀림없다고 확신하는 이유다.

"듣고 보니 그러네. 경의 말대로 괜한 걱정을 했어. 하하!"

거기다 이번에 가져온 시계는 티에리가 착용한 것보다 더욱 고급스럽게 느껴질 뿐만 아니라 색상도 두 가지 종류다.

"소신의 생각엔 귀족들이 한번에 두 가지 종류 모두 구매할 것 같습니다."

"그럼 색상의 종류를 한 다섯 가지로 늘일까?"

귀족들의 구매성향이 그렇다면 한번에 다섯 개도 팔 수 있지 않을까 해서 내놓은 의견이다.

"그것도 좋은 생각입니다. 그렇게만 준비해 주신다면 부자들의 호주머니는 소신이 제대로 털어보겠습니다."

"하하하! 좋아. 아주 마음에 들어."

티에리도 호응했다.

동일한 제품일지라도 색상이 다르다면 귀족들이 착용할 의상에 따라 시계의 선택도 달라져야 한다. 그들에겐 선택의 폭이 넓어져서 좋고, 영지는 더 많은 시계를 판매할 수 있어 좋다. 그야말로 상부상조가 아닌가.

제조업체엔 이미 금형까지 제작해 주었으니 원하는 색상

을 추가하는 것은 어렵지 않다.

"흐흐흐! 물건이야 원하는 대로 준비할 테니 많이만 팔아."

"예. 영주님. 흐흐흐!"

조금 음흉한 웃음을 지었더니 티에리마저 음흉하게 웃는다. 뭐, 티에리도 시계의 제작비가 10실버 내외라는 것을 안다. 그런 것을 백 골드에 팔고 있으니 내심 봉 짓을 하는 상단들이 얼마나 웃기겠는가.

물론 이 짓을 하자고 제의한 건 티에리다.

애당초 시계의 구매를 요청받았을 때 가격을 모르던 티에리는 내심 곤혹스러웠다. 허나 그의 위치는 상업부를 이끄는 부서장, 솔직히 중요한 직책을 맡을 정도면 영지에서 둘째가라면 서운할 정도로 똑똑한 자다. 손목시계에 대해 그가 받게 된 느낌 그대로 생각을 정리했다.

첫째, 이 세상에 없는 제품이다. 둘째, 그냥 보기에도 굉장히 고급스러운 외관을 가졌다. 셋째, 세상에 없는 기술로 만들어진 제품이니 당연히 마법기물로 소개해야 한다. 넷째, 시계의 주된 고객층은 고위 귀족이나 부유한 자들이다. 이렇게 네 가지 경우를 종합해 보니 적어도 백 골드는 받아야 하지 않을까 라고 계산한 것이다.

그렇게 가격을 제시했고, 구매자 또한 마법기물의 가격이 비싼 만큼 당연하게 받아들였다. 처음 티에리의 보고를 받았을 때 솔직히 황당했다. 그래서 실제 가격을 가르쳐 주면서 내심 1골드 정도만 받으면 어떨까 하는 생각을 했었다. 그래도 열배가 넘는 장사다. 한데.

"아닙니다. 시계는 타나리스에서만 구입할 수 있는 특산
품입니다. 고급스러운 외관에 아름다운 색상을 가진 제품
이라면 부르는 게 값입니다. 저쪽 세상에는 더 비싼 시계
가 있다고 말씀하시지 않았습니까?"

"그렇기는 한데 그건 정말로 럭셔리한 제품이야."

"그건 저쪽 세상의 기준일 뿐입니다."

백 골드라는 가격이 붙게 된 연유였다. 게다가 실제로 거
래가 이루어지면서 돈 욕심이 무럭무럭 솟아나자 당연하
게 받아들였다. 물론 이번에 가져온 시계는 돈을 좀 더 들
였다. 덕분에 티에리가 차고 있는 시계와 비교 자체를 거
부할 정도로 고급스러운 외관과 아름다운 색상을 지녔다.
사실 몇 만원만 더 들였을 뿐임에도 시계가 가진 품격의
차이가 엄청났기에 티에리조차 절로 고개를 끄덕이며 호
응할 정도였다. 이후로 상업부에서 작성한 추가로 구매할
물품들의 목록을 건네받고는 일어섰다.

이제는 목이 빠지게 기다릴 서리 부족장을 만나 시제품
으로 나온 방어구와 무기 그리고 식량을 전해주어야 한다.
아마도 번쩍이는 갑옷과 방패, 대검을 본다면 틀림없이 만
족할 터, 그에 대한 대가로 더 많은 마나석을 받아내는 게
주 목적이다. 물론 검은 머리 인간들의 갱생교육이 어떻게
진행되는지도 궁금하고.

"조심해 다녀오십시오."

티에리의 배웅을 뒤로하고 곧바로 서리 부족이 있는 아
일라 산맥으로 이동했다.

영주,

재벌이 되다

깨워버린 오크족의 혼

아일라 산은 대륙의 북부 얼어붙은 대지에 위치한 해발 3만 미터가 넘는 바두산에 이어 두 번째로 높은 곳이다. 그리고 그 중턱에 서리 부족이 자리했다.

사실 중턱이라고 표현했지만 실상은 대략 천 미터 정도의 고지대에 자리 잡았을 뿐이다. 그래서인지 주변에 살아가는 몬스터가 그렇게 많지 않아 부족의 터전으로는 안성맞춤이다. 다만 주변에 존재하는 몬스터가 하나같이 상급에 달할 정도로 강하다는 게 흠이지만, 서리 부족은 그마저도 대수롭지 않게 생각한다. 전사 종족답게 상급 몬스터와의 생존 경쟁조차 전사들의 실력을 갈고 닦는 좋은 기회로 여기는 것이다. 서리 부족에 도착하자 가장 먼저 게이트를 지키는 전사가 맞이했다.

"어서 온다. 인간 친구!"

"그래. 오랜만이야."

게이트는 인간과의 교역을 상징하는 곳이기에 서리 부족의 입장에선 가장 중요한 곳이다. 게다가 이곳을 관리하는 전사들은 캉그르를 따르는 무리다.

누가 뭐래도 오크족은 힘을 숭상하는 종족이고 특히나 서리 부족은 오크족 중에서도 용맹하기로 소문났다. 힘을 숭상하는 종족답게 언제든지 부족장의 위치에 도전하려는 자들이 존재하고 그들은 대게 부족장의 자식들이다.

캉그르가 형제들의 도전을 물리치고 족장에 오르는 순간 게이트를 관리하는 전사들 또한 그 지위가 상승한다.

전사 집단을 이끄는 중추 세력이 된다는 뜻이다. 그래서 요놈들을 확실히 요리하고자 준비했다.

"이건 너희들에게 주는 선물."

마법 배낭에서 한 무더기의 비스켓을 꺼냈다. 저쪽 세상의 마트에서 대량으로 구매해 가져온 것인데 먹을수록 당기는 맛이 있었다.

"먹는 거다?"

"어! 인간 세상에서도 아주 귀한 거야. 특별히 챙겨주는 거니 아껴서 먹어."

"지금 먹어도 되나?"

"당연하지. 그건 너희 거라고 말했잖아."

답하기 무섭게 비스켓을 먹어보는 전사들이었다.

"어때? 맛있지?"

큼지막한 눈동자를 비스켓에 고정한 채 세차게 고개를 흔들었다. 그러면서 엄지를 척했다. 어눌한 말보다 행동을 통해 그들이 느끼는 맛을 표현한 것이다. 달달한 맛을 좋아하는 오크족답게 역시나 놈들도 환장할 정도로 만족했다. 비스켓을 대가로 이놈들을 부려먹겠다는 계획이 성공했다.

"너희들 뭐 먹나?"

소식을 전해 받은 캉그르가 도착했다. 한데 이놈이 인사도 생략한 채 먹는 것에 관심을 더 보였다.

"오! 내 친구! 그간 잘 지냈어?"

그래서 과한 동작으로 두 팔을 활짝 벌린 채 캉그르에게 다가서며 안아주었다.

"내가 편하게 대해주니까 먹는 것에 관심을 더 보여?"

"헛! 아, 아니다."

"피부가 썩어가면서 죽고 싶지 않으면 똑바로 해라. 응!"

"다, 당연하다."

살짝 겁을 주니 역시나 곧바로 반응한다. 너무 과하게 겁먹는 것도 좋지 않으니 한마디 더 했다.

"널 족장으로 만들려는데 그깟 먹거리에 눈을 부라리면 안 돼! 명심해."

"…알았다."

이놈도 어쩔 수 없는 오크족인지 먹거리를 포기하라는

말에 시무룩한 표정을 지었다. 먹을 것 앞에서는 족장이라는 지위도 뒷전이다.

"네 건 따로 준비했으니 수하들에게 준 건 욕심내지 마."

"나, 소족장이다. 당연히 욕심 안 낸다."

따로 준비했다는 말에 표정이 변하며 순식간에 태세를 전환한다.

"받아!"

"이거는…….'

예전에 빼앗은 마법 주머니를 돌려주었다.

"거기에 가득 들었으니 아끼지 말고 먹어."

"고, 고맙다. 주인아!"

게다가 마법 주머니까지 돌려받자 울먹거리며 주인이라는 표현을 사용했다. 옆에서 들을까봐 기겁하며 재빨리 입을 막았다.

"야! 주변에 다른 자가 있을 땐 그런 말 쓰면 안 돼. 들키면 너 바로 쫓겨나."

"조, 조심하겠다. …친구."

"그래. 앞으로 행동 조심하고, 이제 족장에게 가자."

캉그르가 웃으며 비스켓을 들고 있던 수하들의 어깨를 두드려주며 맛있게 먹으라는 말까지 건넨다. 환하게 웃고 있는 것을 보니 자기 것은 챙겼다는 뜻이었다.

그길로 족장의 집무실 향했다.

"오! 어서 온다. 인간 친우여!"

"위대하신 서리 부족의 영도자를 뵙습니다."

오글거리는 표현을 사용하니 온몸에 두드러기가 생길 정도다. 그래도 족장에게서 얻는 게 많으니 이정도 아부는 해줘야 하지 않겠나.

"클클! 인간 친우는 아부도 잘한다."

"하하하! 아부라니요. 사실이 그렇습니다. 감히 어떤 부족장이 인간과 친구가 될 수 있으며 부족을 위해 가진 것을 내어 놓겠습니까?"

"클클! 그런가?"

"물론입니다. 족장께서는 이전에도 없었고, 이후에도 없을 서리 부족의 영도자십니다."

"클클클! 어쨌든 인간 친우에게 인정받으니 기분이 좋다. 내 식량대금은 후하게 쳐주겠다."

"감사합니다. 그리고 요청하신 무기와 방어구를 가져왔습니다."

"버, 벌써 말인가?"

족장이 놀라며 일어섰다.

"전량은 아니고 시제품으로 몇 점 가져왔습니다. 족장께서 만족하시면 곧바로 준비하겠습니다."

시제품이라는 말에 다소 실망한 표정이 된 족장이 다시 앉았다. 뭐, 실망한 표정이야 금방 바뀔 테니 신경 쓸 일은 아니다. 족장과 친위대들이 보는 앞에서 시제품으로 가져온 방어구 세트와 대검, 방패를 꺼내 놓았다.

"가져온 시제품입니다. 꼼꼼히 살펴보시고 평가해 주시기 바랍니다."

친위대가 착용하고 있는 방어구와 꺼내놓은 방어구는 때깔부터가 달랐다. 친위대가 착용한 갑옷은 곳곳에 녹이 슬었을 뿐만 아니라 광택까지 사라져 고철이나 다름없었다. 반면에 꺼내놓은 방어구와 무기는 말이 필요가 없다.

너무도 아름다운 모습에 매료된 족장이 대좌에서 내려와 떨리는 손으로 방어구와 무기를 만져본다. 한참동안 감상을 거듭하더니 곁에선 친위대장을 불렀다.

"바투 입어본다."

족장의 명이 떨어지기 무섭게 갑옷을 착용하는 바투였다. 역시나 아주 만족한 표정이다.

"괜찮다?"

"그렇다. 족장. 몸에 착 달라붙는 게 움직임에 전혀 불편함이 없다. 그리고 가볍다. 두께가 얇아 그런 것 같다."

족장이 고개를 끄덕였다.

그 역시 직접 만져보니 아주 뛰어난 제작기술로 만들었다는 걸 알 수 있다. 게다가 너무도 아름다웠다.

다만 방어구를 착용하는 첫 번째 목적은 상대의 검으로부터 몸뚱이를 보호하기 위해서다. 아름다운 외관은 그 다음이다.

"안전하지 못할 거라 생각하시는 겁니까?"

"그렇다. 너무 얇다. 이래서는 단번에 찢어진다."

이런 반응이 나올 거라 예상했다. 이 세상의 제련 기술로는 이렇게 얇은 상태를 유지하면서도 강도를 유지시킬 수 있는 역량이 안 된다. 그래서 원하는 강도를 얻기 위해 두

껍게 만드는 것이다.

고정관념을 깨려면 직접 보여주는 수밖에 없다.

"직접 실험을 해보시죠?"

통나무에 방어구를 입힌 상태에서 검으로 내리쳤다.

물론 친위대장이 착용했던 방어구를 동시에 비교했다. 결과는 압도적이었다. 투기를 사용하지 않은 상태에선 열 번이 넘게 대검의 공격을 버텨냈고, 투기를 일으킨 상황에서도 두번을 버텨냈다. 기존의 갑옷은 서너번 만에 찢어졌고, 투기를 일으킨 공격에는 그냥 쪼개졌다.

결과를 보자 직접 공격을 가한 친위대장은 넋이 나간 상태였고, 곁에서 지켜보던 족장과 친위대원들은 경악한 표정이다. 투기에 직격당하고도 두번을 버텨냈다는 건 여벌의 목숨을 가지게 된다는 뜻이다. 즉, 투기를 다루는 상대와의 대결에서 승리할 확률이 급상승한다.

이게 얼마나 대단한 일인지를 알기에 모두가 저런 표정을 짓는 것이다.

"조, 족장?"

"어, 엄청나다."

투기를 다루는 상대를 벨 수 있다면 전투에서 승리하는 것은 물론이고 전쟁에서도 승리한다는 것이다.

무기 역시도 같은 결과를 보였다. 대검끼리 수십번 부딪치자 기존의 검이 무참하게 반 토막 났다.

"보셨다시피 장인 종족이 만든 최고의 방어구와 무깁니다. 감히 인간이 만든 제품과는 비교조차 불가능 합니다."

족장이 연신 고개를 끄덕였다.

"가벼우면서도 강력한 방어력을 갖춘 방어구와 가벼우면서도 휘거나 깨지지 않는 단단함을 갖춘 무기로 서리 부족이 무장한다면 가히 적수가 없을 겁니다."

적수가 없다는 건 더는 눈바람 부족과의 전쟁을 걱정하지 않아도 된다는 뜻이다.

"마음에 든다. 이것으로 하겠다."

"실험에서 증명됐듯 장인족에게 부탁해 만드는 중입니다. 합당한 대가를 지불하셔야 합니다."

"물론이다. 충분한 대가를 지급하겠다."

족장이 구매를 결정했다. 이것으로 서리 부족이 가진 마나석을 상당히 받아낼 수 있을 것이다. 구매가 결정되자 족장 앞에 별도로 준비한 방어구 열 세트를 꺼내놓았다. 실험에 사용했던 것은 아무런 문양도 들어가지 않았지만, 새롭게 꺼낸 열 세트엔 서리 부족을 상지하는 늑대 문양이 새겨져 아주 멋져보였다.

"친위대가 착용할 방어굽니다."

친위대를 위해 준비했다는 말에 바투를 비롯한 친위대원들의 표정이 활짝 펴졌다. 한순간 타우렌 족장의 표정에서 탐욕이 느껴졌지만, 친위대를 위해 선뜻 양보하는 것을 보니 역시나 부족을 이끄는 족장다웠다.

"바투 뭐한다. 친우가 가져온 선물이다. 어서 착용한다."

"고맙다. 족장."

"감사를 표할 자는 내가 아니다. 인간 친우다."

족장의 말에 바투와 친위대가 감사를 표해왔다.

"고맙다. 인간 친우여!"

바투와 친위대의 감사를 표하자 족장이 만족한 표정을 지었다. 그 모습을 지켜보며 새로운 방어구를 꺼냈다.

휘황찬란한 황금색으로 도장한 방어구로 보는 이의 눈이 부실 정도로 화려했다. 게다가 족장의 투구는 서리늑대의 두상을 조각했고, 견갑엔 늑대 발톱을 조각해 보는 이로 하여금 강렬함과 위엄이 느껴지도록 했다. 황금색 방어구를 받아든 족장이 아주 마음에 들어 했다.

"착용해 보시죠."

"족장 착용해 본다."

바투와 친위대가 거듭 요청하자 족장이 못이긴 척 방어구를 착용했다. 그놈의 마나석이 탐나 족장의 방어구는 정말로 신경 써서 만들었다. 솔직히 황제가 착용한 방어구보다 더욱 멋지다. 게다가 2미터가 넘는 키에 우락부락한 근육덩어리의 몸뚱이 덕에 갑옷을 착용한 타우렌 족장의 모습은 마치 전신을 보는 것 같은 착각을 일으킬 정도다.

"와! 잘 어울립니다. 마치 오크족의 칸이 되신 것 같습니다."

"클클클! 고맙다. 친우여."

"인간 친우 말이 맞다. 족장의 모습을 보니 칸이 되라는 신의 뜻이다. 나 바투, 족장이 칸에 오를 때까지 선봉에 서서 싸우겠다. 위대한 타우렌 칸을 위해!"

"칸을 위해!"

헛! 이건 또 무슨 현상인가. 바투의 말에 친위대가 일제히 무릎을 꿇으며 칸을 외친다. 젠장! 아부가 조금 과해 놈들이 가진 전장의 투혼을 일깨워 버린 것 같다. 설마 오크족을 일통하겠다는 망상을 하는 건 아니겠지?

바람과는 다르게 족장의 표정이 미묘했다.

아무래도 분위기가 그쪽으로 흘러갈 것 같아 서둘러 다른 주제를 꺼냈다.

"이제 식량을 보셔야 하지 않겠습니까?"

그러자 족장이 환한 표정을 지었다.

"역시 인간 친우다. 내 바투의 말에 고민 중이었다. 넉넉하지 않은 식량 때문에 전쟁을 벌이기가 망설여졌다. 친우 덕분에 고민이 해결됐다. 고맙다."

허! 일이 요상하게 흘러가버렸다. 미묘한 표정을 지었던 건 식량을 고민 중이어서 그랬다는 말이었다.

"전사들에게 무기와 방어구가 지급 되는대로 눈바람 부족을 복속시키겠다. 다들 그렇게 안다."

이런 젠장! 원했던 건 이게 아니야!

서리 부족의 방식

　족장과의 만남을 끝내고 장차 기사단원이 될 조직원들을 보고자 갱생 장소로 향했다. 넓은 공터에 삼중으로 목책을 두르고 곳곳에 망루를 세워 감시탑으로 활용하는 것을 보니 조직원들이 도망가는 것은 불가능한 일이었다.

　뭐, 도망가더라도 아일라산을 벗어나기란 힘들다.

　다른 곳에 비해 몬스터의 숫자가 적다뿐이지 나약한 인간이 생명을 부지하기란 정말이지 험악한 환경이다.

　"잠은 어디서 자?"

　거주지로 만든 곳엔 제대로 된 숙소는 고사하고 찬이슬을 피할 가림 막도 없었다.

"아직 안 만들었다."

"일부러 만들어두지 않은 거야?"

"나쁜 놈들을 착한 놈으로 만드는데 그것까지 해야 하나?"

하긴, 캉그르이 말도 맞다. 말이 좋아 교육생이지 이곳에서 저들은 노예나 다름없다. 그것도 오크족이 부리는 노예다.

"그럼 계속 맨땅에서 자는 거야?"

"아니다. 내일부터는 다르다."

캉그르의 말은 숙소를 짓는데 필요한 나무와 넝쿨을 주변에서 확보하겠다는 뜻이다. 즉, 저들 스스로 숙소를 지어야 한다. 이곳에서 살아가려면 스스로 생존해야 하니 나름 괜찮은 교육방법이다.

"근데 왜 아무도 안보여?"

"지금은 일할 시간이다. 일 안하면 먹을 거 안 준다."

"아⋯⋯!"

그제야 깨달았다. 저들을 이곳으로 보내는 것만 생각했지 먹을거리를 염두에 두지 않았다.

벌써 일주일이 지났으니 굶어 죽은 교육생이 생겼을지도 모른다고 생각하자 절로 인상이 구겨졌다.

"식량 안 가져 왔으면 부족원이 굶어 죽을 뻔 했다."

캉그르의 말은 교육생을 먹이고자 부족원의 식량을 갹출했다는 뜻이다. 죽일 것 같이 다루면서도 내심 굶어죽는 인간이 없도록 보살폈다는 말이다.

'고마운 놈.'

다행히 족장이 요청한 식량을 대량으로 가져왔기에 서리 부족이 처한 문제도 같이 해결할 수 있었다.

"일하는데 가보자."

교육생들을 어찌 다루는지 보고자 일터로 향했다.

"허……!"

예상은 했지만 직접 목격하니 처절한 노예의 삶 그 자체였다. 일부는 한쪽 발목에 쇠구슬을 찬 채 나무로 만든 조잡한 괭이를 들고 쉼 없이 땅을 파는 중이었고, 나머지는 자갈이며 큼지막한 돌덩이를 옮기고 있었다.

수십 명씩 구역을 나누어 작업 중이었는데 조금이라도 꾀를 부린다 싶으면 곧장 채찍이 날아들었다.

곳곳에서 비명을 내뱉는 자들이 부지기수다.

"그런데 땅은 왜 파는 거야?"

"농사 지을 땅이다. 족장의 명이다."

식량 재배기술을 가르쳐달라더니 사전에 준비 중이었다. 게다가 검은 머리 인간 수백 명을 노예로 부리게 되니 당연히 욕심도 났을 것이다. 그들 또한 전사들의 손짓과 발짓을 보며 서리 부족이 밭을 일구고 싶어 한다는 것을 짐작했을 것이다. 족장은 나름대로 꼭 필요한 곳에 교육생을 부리는 중이었다.

"근데 밥을 줬다며?"

고작 일주일이 지났을 뿐인데 교육생들은 하나같이 피골이 상접할 정도로 비쩍 마른 상태였다.

당연히 의문이 생길 수밖에 없었다.

"물론이다. 매일 한 끼 먹었다."

"응? 하루 한 끼 먹었다고?"

"노예는 원래 그렇게 먹인다. 그러다 죽으면 잡아먹는 게 오크족의 방식이다."

"허……!"

그저 할 말이 없어 탄식만 내뱉었다.

"아 시발! 같이 죽자."

그때, 악에 맺힌 교육생 하나가 돌멩이를 들고 서리 부족 전사에게 달려들었다. 그러자 서리 부족 전사가 누런 이빨을 내보이더니 달려드는 교육생을 발로 차 넘어뜨린다. 덤빈 게 허무할 정도로 너무도 간단하게 제압됐다.

허나 그게 끝이 아니었다. 교육생을 제압한 전사가 주변의 동료에게 눈짓을 보냈고, 시선을 교환한 전사가 교육생이 차고 있던 쇠구슬을 풀어주며 자신의 검과 방패를 던진다.

"크크, 재밌는 광경이다."

캉그르가 흥미로운 표정을 지었다.

"지금 뭐하는 거야?"

"조용히 본다. 저놈이 도전장 내밀었다."

"도전하긴 개뿔! 그냥 악에 바쳐 달려든 거야."

"안다. 그래서 도전으로 받아들인 거다."

이것도 오크족의 방식이란다.

"도전자가 패하면 어찌 되는 거야?"

"배부르게 먹인다."

"응? 그건 또 무슨 말이야?"

"용기 있는 자는 대우해 주는 게 오크족의 전통이다."

인간 세상에서는 반기를 드는 자는 용서해주지 않는다. 더욱 혹독하게 다루거나 그도 아니면 죽여 버린다.

그러나 오크족의 방식은 달랐다. 각설하고 서리 부족 전사가 검과 방패를 건네주자 일순간 당황한 기색이 역력한 교육생이다. 발목에 찬 쇠사슬을 풀어주고 검과 방패를 던져준다는 것은 동등하게 싸울 기회를 준다는 것이다. 바꾸어 말하면 대결에서 패하면 죽이겠다는 뜻이었다. 한동안 당황한 기색을 보이던 교육생이 이내 마음을 가다듬었는지 앞에 놓인 검과 방패를 집어 들었다.

그리고는 호기롭게 달려들었다.

결과는 대결이랄 것도 없었다. 멀쩡한 몸으로도 상대가 되지 않음에도 교육생은 일주일 동안 매일 한 끼만 먹어온 상태다. 솔직히 육중한 검과 방패를 드는 것조차 버거워 보였다. 그러나 이미 죽음을 각오했는지 악으로 맞서 싸웠고, 심지어는 검과 방패를 떨어뜨리자 맨주먹으로 달려들었다. 서리 부족 전사도 맨주먹으로 상대했다. 온몸에 검으로 베인 자국이 가득하고, 주먹과 발길질에 맞아 멀쩡한 곳이 없을 정도다.

"시발! 원 없이 맞았네. 이제 그만 죽여라!"

교육생은 도저히 버티지 못하겠다는 듯 욕설을 내뱉고는 그대로 대자로 누워버렸다.

표정엔 절망감이 아닌 후련함이 묻어났다.

"젠장! 하늘 한번 푸르네."

그리고는 눈을 감았다. 그대로 기절해 버린 것이다.

그 모습을 지켜보던 전사가 대검을 집어 들었다. 그 순간 대결을 지켜보던 교육생들의 표정이 침울해졌다.

교육생에게 다가선 전사가 입꼬리를 말아 올린 채 대검으로 쿡쿡 찔러본다. 그 모습을 지켜보는 교육생들이 이를 가는 게 보였다.

아마도 기절한 교육생을 죽일 것으로 오인한 모양이다.

허나 전사는 주변의 동료에게 주술사에게 데려가 치료하라는 지시를 내렸다. 저 상태로 두면 확실히 죽는다는 것을 알기 때문이다.

"저들에게 안 보이는 곳에서 죽인다고 오해하지 않겠어?"

"괜찮다. 나중 보면 안다."

하긴, 며칠이 지나면 자연스럽게 알게 될 테니 굳이 알려줄 필요는 없어보였다. 그동안 교육생들은 자신들의 처지에 분노를 느낄 테고, 한편으로는 죽음이 가깝게 다가왔다는 두려움에 떨 것이다. 어느 쪽이든 이겨내야 살아남을 확률이 높은 건 사실이니까.

"근데 계속 저런 식으로 다루는 거야?"

"아니다. 다음 단계도 있다."

캉그르에 따르면 지금의 단계는 한마디로 오기를 심어주는 과정이었다. 배고픔을 견뎌내야 하는 인내심과 끝없이 이어지는 채찍질에 반발해 기절한 교육생처럼 죽음도 두려워하지 않고 맞서 싸울 수 있는 용기를 배양하는 단계였다. 그리고 이 단계를 이겨내면 진정한 전사로 거듭나기 위한 삶과 죽음의 경계에 내몰린다. 바로 몬스터와 생사대결을 벌이게 된다는 뜻이다.

즉, 캉그르가 원하는 건 진정한 전사였다. 교육생들이 서리 부족 전사에 못지않은 전투력을 갖춘 인간 전사로 거듭나기를 바라는 것이다. 나 역시도 강한 자들을 얻을 수 있으니 나쁘진 않다. 다만 저들 중에서 과연 얼마나 살아남을지는 미지수다. 그렇게 생각하자 나름대로 각자의 삶에 충실하던 자들을 지옥의 구렁텅이로 밀어 넣은 게 아닌가 하는 자책감이 들었다. 하지만 그것도 저들의 운명이라 생각했다. 어차피 저들 또한 조직에 몸담은 자들, 어둠의 세계에 살아가는 자들은 언제든지 죽을 준비가 되어 있는 자들이다. 스스로 목숨을 내어놓은 것과 다르지 않다. 그게 이 세상의 상식이다.

"교육이 끝나면 많이 바뀌겠지?"

"기대해도 좋다. 크크크."

"그래도 너무 많이 죽으면 안 된다."

"노력은 하겠다."

캉그르는 알았다는 대답조차 안 했다. 오크족은 생존경쟁에서 도태될 경우 죽는 것을 당연하게 받아들이고 캉그르 또한 그런 환경에서 살아왔다. 당연히 이겨내지 못하는 자들은 구해줄 생각조차 하지 않을 것이다.

그럼에도 부탁 아닌 부탁을 해야 했다.

"이제 광산으로 가보자."

"그곳엔 외부인이 갈 수 없다."

"그곳에도 교육생이 일한다며?"

"노예일 뿐이다."

"내가 원해도?"

캉그르가 심각한 표정으로 고민하더니 이내 답했다.

"정말로 원한다면 몰래 데려간다."

제아무리 서리 부족의 친구라도 안 되는 것은 어쩔 수 없다. 다만 광산의 위치와 얼마나 많은 마나석을 채굴하는지가 궁금해서 건넨 질문이다. 고민하는 표정이 역력한 캉그르지만 몰래 라도 데려가려는 것으로 보아 종속의 인이 제대로 각인 된 것은 틀림없었다. 게다가 검은 머리 노예들이 광산에서 일한다는 것을 알게 됐다.

캉그르를 통해 알아내지 않아도 되니 굳이 멀쩡한 정신에 타격을 줄 필요는 없다.

"그냥 궁금해서 물어본 것뿐이야. 안 가도 돼."

그제야 캉그르의 표정이 환해졌다.

"그만 돌아가자."

교육시설을 비롯해 검은 머리 인간들의 교육과정을 파악했으니 이곳에 온 목적은 달성했다. 이제 한 달 후, 서리 부족에 무기와 방어구를 전해주면서 저들의 변한 모습을 확인하면 될 것이다. 그리고는 때를 정해 저들을 타나리스 기사단으로 받아들이는 의식만 진행하면 된다.

사실 의식이라고 해봐야 정신개조를 통해 종속의 인을 각인하는 작업이다. 물론 종속의 인을 새기고도 주인의 의지에 반하는 행동을 하게 되면 심장이 파열되는 극심한 고통 속에서 죽게 되는 간접경험도 시켜줄 생각이다.

그렇게 각인된 공포는 영원히 지워지지 않는다.

"약속한 날짜 잊으면 안 된다."

"물론입니다. 하루 빨리 무기와 방어구를 전해드리고 싶은 심정입니다."

"클클! 기다리겠다."

족장과 인사를 나누자 바투가 마나석을 담은 자루를 가져왔다. 식량대금으로 대충 한 자루를 요구했더니 큼지막한 자루에 가득 담았다. 속으로는 쾌재를 불렀지만, 표정만큼은 덤덤하게 받았다.

"한 달 있다 본다."

"그래. 검은 머리 애들 잘 부탁해."

캉그르와 포옹을 나누고는 다음의 목적을 위해 곧바로 영주성이 있는 타나리스로 공간 이동했다.

* * *

영주성 집무실.

마석은 주로 마탑에서 구입해 온갖 실험재료로 사용한다. 상급이나 최상급 몬스터의 마석은 상당히 높은 가격이 형성되지만, 중급이하의 마석은 흔하게 구할 수 있기에 비교적 저렴하다. 물론 서민들의 기준에서는 나쁘지 않은 가격이기에 마몬의 시기에 죽은 몬스터를 해체해 마석을 채취 한다 다만 마몬의 시기가 가지는 특수성 때문에 중급 마석조차 흔해빠지고 하급이나 최하급 마석은 넘쳐난다. 평소와는 다르게 가격이 저렴해지는 이유다.

집무실에 도착하자 소식을 들은 테론이 찾아왔다.

테론에게 맡긴 임무는 지나간 마몬의 시기동안 각 영지에서 획득한 마석을 최대한 저렴한 가격에 구입해 오라는 명이었다. 역시나 믿음을 저버리지 않았다.

"와! 도대체 영지를 몇 군데나 돌아다닌 거냐?"

"에구! 말도 마세요. 이놈들을 조금이라도 더 사들이고자 무려 일곱 영지를 돌아다녔습니다."

"하여간 고생 많았다."

헤론이 가져온 마법 주머니엔 수만 개가 넘는 마석이 들어 있다. 여기에 영지에서 채취한 마석까지 합한다면 초인 군단은 물론이고 요소요소 이동식 마법진을 만들어 활용해도 될 정도다.

"수하들은 만나봤어?"

"예, 거하게 한잔 했습니다. 헌데 백상어파 애들도 받아들인 겁니까?"

"이야기 못 들었어?"

"당연히 들었죠. 그래도 믿을 수가 있어야죠."

"부단장이 보증했으니 믿어도 될 거야. 그리고 종속의 인도 각인했으니 걱정할 필요는 없지."

"그것 참 마법이 편하긴 하네요."

"왜 마법을 안 배운 게 후회돼?"

"후회는 무슨… 말이 그렇다는 거지요. 하여튼 마석으로 애들 강화시켜도 되지요?"

"실험 결과도 좋았으니 그렇게 해. 아! 연이은 강화는 안 되는 거 알지?"

"제가 그 정도도 모르겠습니까?"

"모르기보다 졸라 무식하잖아."

"에이! 마석은 전해드렸으니 수하들 훈련이나 시키겠습니다."

테론은 간단한 예를 차린 후, 그길로 나가버렸다. 아마도 이곳에 들리기 전에 중급 이상의 마석 몇 개는 숨겼을 테고, 테론의 성격상 수하들에게 무식하게 먹일 게 틀림없다. 이번엔 누가 곡소리를 낼지 불쌍하지만 그렇다고 죽을 염려는 없다. 테론이 나가고 마나석이 가득한 자루를 꺼냈다. 이 정도 양이면 몇 곳의 게이트는 영구적으로 운용할 수 있다.

그렇다면 무엇보다 우선해야 할 일이 정해진다. 위급한 상황에 대비할 수 있도록 영주성과 사방에 위치한 성들을 게이트로 연결하는 일이다. 타나리스가 비상하기 위해 갖추어야 할 것들이 하나씩 준비되고 있다.

〈다음 권에 계속〉

어울림 B O O K S
신인 작가 대모집!

어울림 출판사는 무한한 상상력과 뜨거운 열정을 가진 작가 여러분을 기다리고 있습니다.

창작에 대한 열의가 위대한 작품으로 꽃피울 수 있도록 저희 어울림 출판사가 여러분의 힘이 돼 드리겠습니다.

지금 도전하십시오!

모집 분야 : 판타지, 역사, 무협, 로맨스 등
모집 대상 : 아마추어, 인터넷 작가등 열정을 가진 모든 작가
모집 기한 : 수시 모집
작품 접수 방법 : 당사 네이버 카페 또는 이메일을 이용해 주십시오.

파일 형식은 제한이 없으나 원활한 원고 검토를 위해 '.HWP' 형식으로 보내주시고, 파일에 연락처도 함께 기재해주시면 됩니다.

채택된 작품은 정식 계약을 통해 출판물로 간행됩니다.
간행된 출판물은 당사의 유통망을 이용하여 전국 서점으로 배포됩니다.
※ 문의 사항은 **네이버 카페(http://cafe.naver.com/oulim0120)**를 이용하시기 바랍니다.

경기도 고양시 일산동구 장항동 43-55 성우사카르타워 801호
어울림 출판사 신인 작가 담당자 앞
전화 031) 919-0122 / **E-mail** 5ullim@daum.net